末路狂欢

Thieves Like Us

［美］爱德华·安德森 著
胡雅坪 译

上海文艺出版社
上海故事会文化传媒有限公司

编委会

总策划 夏一鸣

主　编 黄禄善

副主编 高　健

编辑成员（按姓氏拼音为序）

蔡美凤　高　健　胡　捷

黄禄善　吴　艳　夏一鸣　杨怡君

名家导读

/肖惠荣

肖惠荣，女，江西樟树人，文学博士，2008年毕业于北京师范大学比较文学与世界文学专业，现为江西师范大学文学院教师，兼任江西师范大学叙事学研究中心副主任、江西省外国文学学会副秘书长，主要从事外国文学及叙事学的教学与研究工作。已在《外国文学研究》《甘肃社会科学》《江西师范大学学报》（哲社版）等核心刊物发表相关学术论文数篇，其中《叙事的无所不在与叙事学的与时俱进》（第一作者）被人大复印资料《文艺理论》转载。译著有《香烟、高跟鞋及其他有趣的东西：符号学导论》（第一译者），主持江西省社科规划课题、江西省高校人文社科课题、江西省哲学社会科学重点研究基地重点课题各一项。

《末路狂欢》是爱德华·安德森的代表作，这位作家先以记者的身份见证了美国爵士时代的富裕与繁荣，后又以"旅行家"的姿态亲身感受了美国20世纪30年代经济大萧条时期的贫穷与破落。在这一时期，废弃的铁轨、公园角落的长椅、供无家可归者住宿的廉价旅店都曾是他临时栖居的场所。为了果腹，他四处乞讨，到专为穷人或流浪者而设的施食处领过食物。他品尝了生活的艰苦，体验了生命的艰辛，四处流浪的经历让他接触到了形形色色的美国底层民众,安德森开始以另一种视角来打量美国社会。

五抢六夺的情节、愤世嫉俗的主人公、黑白颠倒的社会环境、模棱两可的道德取向,这一切都是如此出人意料,爱德华·安德森的《末路狂欢》既呈现出早期的黑色悬疑小说特质,为硬汉推理小说的出场拉开了序幕,又表现出了在大萧条和二战之间,美国梦幻灭之后美国人思想上的迷惘和孤独。尽管美国作家约翰·斯坦贝克于1962年获得诺贝尔文学奖,美国"犯罪小说的桂冠诗人"雷蒙德·钱德勒依旧宣称安德森比斯坦贝克艺术成就更高,钱德勒盛赞《末路狂欢》这部作品是"有史以来最好的盗贼故事之一……是(20世纪)30年代被遗忘的伟大小说之一。"这部广受好评的经典之作曾两度被改编成电影,第一次是尼古拉斯·雷执导的《他们过着夜生活》,第二次是罗伯特·奥特曼执导的《吾辈窃贼》。

从创作风格上来看,《末路狂欢》这部作品有些"剑走偏锋",作者没有像其他黑色悬疑小说家一样,先是对凶案现场精雕细刻,再给出一些似是而非的线索,让读者在推断真凶时只能望洋兴叹,而是透过三个窃贼之———鲍伊的视角将文字的焦点转移到了他们的逃亡之路。虽然没有了悬念,但故事之后隐藏的种种社会问题,尤其是盗贼们的真实情况和媒体报道之间形成的强烈反差,极易引起读者心灵的震憾与反思,也让一直被归入通俗小说类的推理小说突然变得深刻起来,渲染出一种

"黑色幽默"的味道。

可能因为从事过记者工作，安德森的文风极其简洁，他并没有对鲍伊和他两个同伙迪·达卜、奇卡莫的家庭背景做过多的介绍，因为文本信息太少，读者对这三个越狱犯的年龄和长相可能也只有一个模糊印象，这就要求读者在阅读作品时必须全身心投入，积极参与到对故事的建构中去。这部小说尽管是第三人称叙述，但安德森却选择让罪犯之一鲍伊来做叙述者，去报道他自己的故事，这样，反面人物的行为举止、心理活动——暴露在读者面前，通过鲍伊的视角来透视大部分故事，作者就能确保我们是跟着这个人物去旅行，而不是站在他的对立面。鲍伊的心理和行动提供了很多证据：对亲人，他关怀备至，在雷雨交加的野外，鲍伊以为死神将至，在这样一个人生至暗时刻，他最大的愿望却是希望自己的所作所为不会牵连到自己的母亲，盼望自己能有机会帮助母亲摆脱困境；对恋人，他体贴入微，认识了基奇之后，他最渴望的是帮助基奇摆脱酗酒的父亲，在日常相处过程中，他竭尽全力想要满足基奇的所有愿望；对朋友，他肝脑涂地，冒着危险把奇卡莫从监狱里营救出来；对陌生人，他慷慨大方，尽管自己手头并不宽裕，但他还是爽快地把硬币赠送给了在汽车站偶遇的小女孩。

这些证据均表明这位全美通缉犯并不像纸媒报道中那样穷凶极恶。读者可以轻易从鲍伊的言行中得出这样一个结论，他原本善良，是生活的贫困让他铤而走险。纸媒的胡编乱造让读者更加确信自己的观点。作者也可以采用议论的方式直接提供这些证据,但可能不如这样来得让读者信服。更重要的是,鲍伊持续暴露的内心活动引导读者希望带自己"旅行"的人物能得到好运,而鲍伊的另外一些行为又让读者难以接受,比如枪杀追捕他的警察,把抢劫银行看作比买菜做饭还要平常。安德森的读者将在两难中抉择:一方面,鲍伊像每一个普通的你我——有显而易见的性格缺陷,但又不乏人性的光辉,共鸣后难免同情怜悯;另一方面,坚守和平的我们恨不得亲自将每一个破坏世界和谐的窃贼抓入监狱。读者之所以对以鲍伊为首的罪犯团体产生同情,还源自作者对犯罪现场的一笔带过,作者认为这不应该成为小说浓墨重彩的对象,美国社会体制的黑暗、人性的险恶才是小说应着力打造的重点。

"一切历史都是当代史",《末路狂欢》发表于1937年,安德森采用了写实的手法,客观再现了经济大萧条所引发的臭名昭著的犯罪狂潮。娃娃脸尼尔森、迪林格、漂亮男孩弗洛伊德、邦妮和克莱德这样的黑帮头目经常冲上当时报纸的头条,美国各地绝望的男人被"逼上梁山",犯下罪行,成为一群"没有明天的人"。安德森借鉴了自己在大萧条时期艰难的经历,他采访了亨茨维尔监狱的囚犯,记录了他们的故事、说话的方式,并将其投射在自己笔下的人物之上,借助迪·达卜等人物的语言,将矛头直指美国社会的上流阶层。在小说中,迪·达卜告诉鲍伊,老百姓把钱存在银行里,而美国的银行家却在"每天祈祷被抢劫。"他认为政客和自己一样"都是小偷","只不过他们用的是嘴而不是枪"。

当迪·达卜将银行家、政客等所谓的上流阶层称为"像我们这样的小偷"时，作者实际上在明示读者，小说标题《末路狂欢》中的"末路之徒"，不仅指那些抢劫银行的小偷，也包括那些所谓的体面人，比如奇卡莫认识的霍金斯律师，他原本是一个会计，因私吞公款逃到墨西哥，等风声一过，他用手中的钱打点好一切，摇身一变，成为了一名受人尊敬的律师。

迪·达卜对上流社会的看法在当时的美国普通民众中可能较为普遍，奇卡莫在逃亡途中曾在加油站遇到过一位老人，这位老人一眼就认出他是通缉犯，但老人并没有告发他，因为对于老人来说，比起这些明火执仗的抢劫犯来说，他更恨那些道貌岸然的银行家，因为后者用表面上"合法"的手段将美国普通民众的钱全部卷走。用老人自己的话来说："我宁愿你这样的穷小子拥有它，也不愿让那些该死的银行家花我的钱。"

没有感情线的小说容易寡淡无味，作者显然意识到这一点，在达希尔·哈米特式的硬汉对话和斯坦贝克式的尘土飞扬的环境渲染之间，隐藏着安德森注定要失败的浪漫主义。在小说的后半段，鲍伊带着基奇努力向前，他们忍受着肮脏的环境、炎热的天气以及饥饿的折磨，在没有梦想的每一天尽情地爱，努力地活，最后还是难逃一死。在冷清的文字和缓慢的叙述节奏之下，一股难以掩饰的忧伤正在弥漫。

Contents

第一章　1

第二章　14

第三章　23

第四章　39

第五章　53

第六章　60

第七章　68

第八章　76

第九章　88

第十章　96

第十一章　106

第十二章　110

第十三章　114

第十四章　117

第十五章	130	第二十一章	184
第十六章	142	第二十二章	191
第十七章	150	第二十三章	201
第十八章	155	第二十四章	211
第十九章	168	第二十五章	222
第二十章	175		

第一章

远处的灌木丛后，一辆汽车驶离了公路，在坑坑洼洼的土路上低速行进，颠簸着向他们等待的地方开过来。应该就是这辆车！鲍伊体内一阵翻滚，如有一圈湿铁环在一块热铁板上被灼烧，他看了一眼奇卡莫。

奇卡莫正两眼盯着杂草丛生的道路，他的薄底狱鞋轻轻地踩在被雨水打湿的泥地上，脚后留下一串印痕。"就是它。"他说道。

鲍伊向身后望去，越过小溪边的树脊，田野上，嫩绿的玉米叶片在午后的阳光下像刀子一样闪闪发光。阿尔卡托纳监狱的白墙上，耸立着刷着红漆的水箱、监狱上院的木棉树和看守们的塔楼。

车子开过来了，草丛中蚱蜢竖琴般的叫声似乎更响了。我什么事都能做，鲍伊心想，任何事都行，待在那个地方的每一天都被浪费掉了。

汽车的弹簧嘎吱嘎吱作响，离得越来越近了。鲍伊又看了一眼奇卡莫，问："你打算去哪儿？"

奇卡莫头也不回，说："走一步算一步。"

汽车从山上颠簸着向他们冲过来。鲍伊眯着眼睛，想看得清楚一点。后座上的人戴着一顶草帽，那是老迪·达卜。快点，你这个老糊涂蛋。

司机就是那个一直向男孩们兜售烟草的孩子，他们叫他贾斯珀。

这是辆出租车，车子在几英尺外停了下来，鲍伊和奇卡莫朝它走去。

"鲍伊，你好。"贾斯珀说。

"嗨。"鲍伊说，但他没有看他。

迪·达卜坐在里面，膝盖上横着一个用纸包裹的包袱。黄色的新帽子下，一头金发看起来像干枯的玉米须。

"我们还等啥？"奇卡莫说完，打开了车门。

迪·达卜将包袱递给奇卡莫，将手伸进上衣，掏出了一支枪。他用枪管刮了刮司机的脸颊，说道："贾斯珀，你的车归我们了。"

"天哪！"贾斯珀脑袋发颤，脖子僵直。

奇卡莫扯断包袱上的捆绳，拍了拍外包纸，里面是蓝色牛仔裤和白色棉衬衫。他开始扒掉自己的棉布工装囚服，鲍伊和迪·达卜也开始换衣服。

贾斯珀说："鲍伊，你认识我的呀，替我跟他们求求情吧。"

鲍伊说："照他们说的做。"

"好，我照做。"贾斯珀说。

他们换好了衣服。奇卡莫一把推开贾斯珀，把他压在方向盘下面，鲍伊和迪·达卜坐到了后座。他们转身又开上了公路，在公路上，风大声地拍打着飞驰的汽车，就像有一百个苍蝇拍在拍似的。

公路右边加油站的车棚下面停着一辆汽车，一个穿着工作服的人站在红色水泵旁边，拧着水泵的把手。

"贾斯珀，别挤眉弄眼，"迪·达卜说，"不然我把你的耳朵扯下来。"

"我不会抬头的。"贾斯珀说。

他们经过了加油站，鲍伊回头看了看。那个人还在拧水泵的把手，后面空荡荡的公路看起来就像一条被拉直的橡皮筋。

鲍伊看到迪·达卜粗大的手掌握着一把左轮手枪。那是一把镀银手枪，有一个珍珠柄托。这老兵脑子清楚得很，鲍伊想。"镇上有什么动静吗？"他问。

迪·达卜摇了摇头。

公路向远方延伸，空空荡荡，一如往常。鲍伊想，那帮人现在应该正在监狱长办公室里调查事情的原委。监狱长估计会怒火冲天地咆哮："把那群没用的家伙赶出去！这就是你们像对待白人一样对待他们的结果。鲍伊·鲍尔斯和埃尔莫·莫布里就不该有打棒球和钓鱼的通行证，马斯菲尔德就不能让他参与什么工作。现在放出警犬、拿出猎枪，带上.30的手枪，去干掉这些该死的……"

一辆汽车越过前面的斜坡，朝他们的方向猛冲过来，"咻"的一声从旁边飞过。鲍伊想，汽车朝这边开不代表什么，跟在那边乱飞的乌鸦们一样。迪·达卜把左轮手枪换到他的左手，右手掌在大腿上擦了擦，然后重新握紧了枪。他清楚自己在做什么。

奇卡莫的脖子瘦削，上面的青筋在耳朵后面凸起。奇卡莫也明白自己在干什么勾当，一个男人不会每天都和稀里糊涂的人厮混在一起的，况且留给他们的时间不多了。突然，他们随车震了一下。

车胎爆了，爆胎声让人以为是公路断裂了。右后轮胎发出"呜呜"的漏气声，汽车开始颠簸起来。路左边的路标显示距离阿尔卡托纳十四英里，爆胎正好发生在距离十三英里的地方，鲍伊想到了让人倒霉的数字十三。

汽车一路颠簸着穿过木桥，沿着土路前行。当看不见公路时，奇卡莫才把车停下。爆掉的轮胎就像被斧头砍过了一样，要命的是备胎也不顶用。天色已近黄昏，地平线上的微光渐渐暗淡下去，路边草丛里传来蟋蟀的叫声，听起来就像从接触不良的电话线里听到的风声。

鲍伊想，这个倒霉的数字十三让我们越来越紧张了。离基奥塔和奇卡莫的堂兄迪伊·莫布里那里的藏身地还有一百二十二英里，爆胎后的车，颠来颠去，坐得他们背脊一阵阵酸疼。

奇卡莫用钳子去剪栅栏上的铁丝，然后带着一根铁丝回来了。他把贾斯珀绑在了方向盘上。

他们穿过棉花田，朝着农舍的灯光走去。迪·达卜说："这家男的可能有车，会有轮胎。"

踩在田里，泥土很柔软，但腿总能擦到粗硬的棉秆。远处监狱方向传来阵阵狗叫声，鲍伊停下脚步，说："兄弟们，听狗叫的声音。"

奇卡莫和迪·达卜停下了脚步。那是一种充满活力、铿锵有力的声音，就像深沉的簧片乐器发出的音符。"该死，那是猎犬。"奇卡莫说。他们加快了脚步，田里的木棉树桩，就像无头的蟾蜍一样蹲在那里。农舍的灯光离得更近了，弥漫出浓稠的橙色。迪·达卜跑了起来，奇卡莫和鲍伊也跟着跑了起来。

抱着孩子的女人带着迪·达卜和鲍伊回到了亮着灯的厨房，坐在桌子旁的小个子男人半转过身来。他左手拿着一个生的、被咬过的洋葱，抬头看向他们。他看到迪·达卜手中握着枪。

"先生，我们需要你停在外面的那辆车，"迪·达卜说，"起来。"

小个子男人转过身去，把洋葱放在桌子上。桌上盘子里还有煎蛋和黄玉米面包。他站起来，把椅子推到桌子边上，问："钥匙呢？"

女人的嘴角抽搐得厉害，下唇不停打战，快把下巴抖没了。"我不知道。"她说。怀里的孩子开始呜咽起来。

小个子男人在自己的口袋里找到了钥匙。迪·达卜看着女人，说："女士，如果你爱这位先生，想再见到他，我想你肯定是想的，那我们离开后你可不能求救。"

"是，先生。"女人说。她开始上上下下地摇晃孩子，孩子哭了起来。

车身上积了一层如丝绸般厚的灰尘，引擎盖和挡泥板上落满了鸡粪。小个子男人和奇卡莫走在前面。"我已经有一个多月没开这车了。"他说道。

这条公路与凯蒂铁路的高路堤平行。鲍伊看到汽车的速度表指针不断上升：四十五……五十。奇卡莫，踩油门。贾斯珀那小子还在那边不停尖叫，反正已经够判两个九十九年了，高速公路抢劫九十九年，绑架再九十九年。

入夜，小镇上，路灯灯光像被水冲散般散射开来。在加油站的棚屋下，灯泡上密密麻麻地趴满了飞舞而来的昆虫。商店关门了，车库一片漆黑。鲍伊想，没有警察追上来吧，没有荷枪实弹的警察吧？他转身问迪·达卜："迪，你觉得我们开了多远了？"

"二十英里。"迪·达卜回答道。

"我老婆病得很重，"小个子男人说，"她最近身体很差。"

奇卡莫点点头。

鲍伊想，要么是病重，要么是被吓坏了，可这跟我们说有什么用啊。奇卡莫，踩油门。行驶在路上，一路迷雾。这样再开一小时四十分钟，见到知根知底的老友就好办了。迪伊·莫布里就是那个靠谱的朋友，他和奇卡莫小时候一起偷过东西，奇卡莫之前还为此东藏西躲了八年。"生了孩子后就没好过。"小个子男人说。马达嘎嘎作响，奇卡莫猛踩油门，引擎再次点火，但没点着，气缸愤怒地轰轰作响，但里面空空如也，车轮减速后，拖拽在公路上，发出刺耳的声响。

"先生们，推它下公路，"迪·达卜说，"加油，得加上一浴缸的油才行。"

鲍伊、迪·达卜和小个子男人推着车，他们的脚踩在马路上嗒嗒作响，就像马走在人行道上一样。终于，他们把车推到了十字路口，推过减速带，离开了公路。

奇卡莫开始捆绑小个子男人。迪·达卜喘得像得了哮喘一般。"在我一生中，我遇到过很多棘手的问题，但这次是最难的，我还是把这把.38的手枪对准我自己算了。"

一辆汽车驶来，前灯射在减速带上方，闪闪发亮。汽车加速经过，发出的声音像低沉的鼓声一样逐渐减弱。

"我们开始行动吧。"奇卡莫说。他们穿过高速公路,翻过栅栏,蹚过铁路边齐腰深的草地,越上路堤,爬下铁轨。

奇卡莫说:"我们要不拦一辆车,把车里的人扔下去?"

"拦个鬼,"迪·达卜说,"我走着去。"

"我们可以一路拦过去。"奇卡莫说。

"就像该死的流浪汉一样,走吧。"迪·达卜说。

月亮高高地挂在天空,弯弯的,像一片指甲。周围寂静无声,只听得见他们脚踩碎石的声音。奇卡莫走在最前面。

铁轨发出嗡嗡声,他们身后开来一列火车。过了一会儿,火车头的灯光亮了起来,一开始小得像一只萤火虫,慢慢地,亮光开始扩散开来。

他们爬上路堑一侧,紧紧抓住草,在上面躺了下来。

大地开始颤抖,仿佛两侧路堑要塌陷下来,把他们压在车轮下。货运列车的车轮在铁轨上发出雷鸣般的撞击声,过了很久,驾驶室的两盏红灯亮了起来。

"我可以再坚持一会儿。"迪·达卜说。

"鲍伊,你为什么不叫他们停下来?"奇卡莫说。

"我不想让他们朝我们发火。"鲍伊说。

鲍伊右脚鞋跟上的钉子正在扎进肉里。见鬼去吧,他想,老兄们,糟糕的开始往往会有好的结局，人不会天天走霉运的。走这条路碰上火车很正常，但我们不会每次都被火车追。

鲍伊从睡梦中醒来，迪·达卜发出的"呼呼"声像蓄水池的回声一样低沉，奇卡莫的闷响一直在他耳边萦绕。他感觉被拔掉了脚指甲，脚后跟被趾甲的碎片磨得生疼。鲍伊仰面朝天，阳光像冰锥一样刺入李子丛中，他赶紧用前臂遮住了眼睛。

"我在泽尔顿的那家银行蹲守了四次，"迪·达卜说，"那是个小银行，但每次都会出现情况，也许这次去会不一样。"

"我想一起去。"奇卡莫说。

"我跟你们说，"迪·达卜说，"再抢一家，就是我的第二十八家银行了。"

"我希望几周后有第二十九家。"

鲍伊内心微微颤动了一下。我可以干任何事的，他想。

"想抢这种银行的都是些蠢货。"迪·达卜说，"那些银行在街对面有加油站，楼上有电话局，隔壁还有五金店。"

奇卡莫说："银行对面楼上的办公室里，待着律师、医生和带着枪的人，他们正等着人抢银行呢。"

"我不喜欢傻不拉几的镇银行，"奇卡莫说，"在那儿搞一千块钱就跟在其他地方搞五十块那么麻烦。"

"选县和市银行就是个坑,"迪·达卜说,"所以我才说动手前最好先花一个礼拜的时间踩点。"

搞到五千美元,我就收手,鲍伊心想,攒满五千美元后我就回阿尔基。反正被赶出来这么久了,我可以再多忍受几天。等我拿钱回去,我要好好嘲笑他们。我一根小手指就能把监狱长给废了,不过他会没事的,他还要帮我改记录,几年后我就一清二白了。花个几千美元找个在首都朋友遍地的辩护律师,搞定这件事,以后从阿尔基出来就是清清白白的了,手上还有钱。

迪·达卜说:"查看银行内部的最好方法就是进去兑换二十美元的钞票。"他曾在佛罗里达州的一家银行开了一个账户,就是为了好好地"盯"一下。

鲍伊站起身来。

"乡下人起来了。"奇卡莫说。他的牙齿像枪托上的珍珠一样白。

迪·达卜的眼睛里闪烁着微光,灰灰的,像 .30-30 的子弹。

"鲍伊,你晚饭想吃什么,李子还是炸鸡?"

鲍伊望着头顶李子树上的熟李子,说:"我吃李子吧。"

奇卡莫把裤子卷到膝盖,掐着他毛茸茸的腿。

"天哪,你这是干吗?"鲍伊问道。

"有红色小虫子。"奇卡莫说。

鲍伊低头看自己的双脚，血糊糊地结痂了，脚趾蜷曲着，鞋子上挂着青草。不过只要再走一个晚上就好了，也就半个晚上了。他躺了下来。

奇卡莫正在谈论他在堪萨斯州抢劫的一家银行："我知道我从那个黑鬼那儿捞到的钱不超过两千块，但我碰巧捡到了一张现金收据。你们知道他们每天晚上都要填的现金收据吗？这跟我手上的钱对不上啊。于是我又去找那个荷兰人，对他说：'兄弟，都在这儿了吗？'他说：'全给你了。'我说：'你的现金收据通常都是对的吧。'他说：'是的。'我说：'好吧，我这里只有两千块，而这张收据上显示有四千八百六十二块。现在把钱全交出来。'那家伙开始骂骂咧咧，我就给了他一'抽'。他的眼睛登时变得血红，就跟你们见过的那种一样。"

鲍伊挺直了背，问道："什么是一'抽'？"

"别急，你很快就会看到的。我干活时总会给自己带上一个。找根小棍子，上面开个洞，再找根窗帘绳，固定成一个圈，把它套在人头上，轻轻一扭，他就会以为自己的脑袋要从耳朵边飞出去了。总之，那个荷兰人嗷嗷大叫，指给我桌子最底层的抽屉。果不其然，里面有四小包人间最漂亮的钞票——都是五百美元和一百美元的。"

一阵风吹过，长在他们与铁路间的草被吹弯了腰。鲍伊躺了下来。

"你知道如果你没捡到那张单子，那个银行家会怎么做吗？"迪·达卜说,"他会到处瞎嚷嚷,说全部的钱都被人抢劫了。这些银行家的数量多得让人无法忍受,他们把钱堆在银行里,每天都在祈祷被抢劫。"

"当然。"奇卡莫说。

"他们和我们一样都是小偷。"迪·达卜说。

鲍伊把一只蚂蚁从手背上弹掉。先生们,我不会太贪的。你们会看到这个白人男孩拿到五千美元后就会退出了。他想。

迪·达卜和奇卡莫的脚突然被什么擦了一下,鲍伊像千斤顶弹起般猛地站了起来。他朝两人看去,他们俩正望着草地。迪·达卜手里拿着枪。

鲍伊仔细盯着看。那边的草地上似乎有什么东西在动,但那不是风。他捡起鞋子。草地又分开了!

奇卡莫走在前面,像足球前卫一样,穿过灌木丛,迪·达卜在后面,鲍伊赤着脚,提着鞋,跟在最后面。他们一直跑到树林里,然后停下来,回头看向灌木丛。

"上帝啊,你们都看到什么了?"鲍伊问。

"草丛里有东西。"奇卡莫说道。

"我要是没把那顶三块钱的帽子留在那儿就好了。"迪·达卜说,"鲍伊,我看到你的袜子挂在这里。"

鲍伊说:"我刚才看到你们那样,以为全国所有的警察都来了。"

"我打赌是野猪之类的动物,"迪·达卜说,"火鸡什么的,你们赌多少我都跟。"

奇卡莫说:"如果你认为只是一头猪,那为什么不跑回去拿那顶帽子呢?"

"啊,我还是想光着头,就像这些糖豆一样。"

鲍伊坐下来,开始穿鞋。他的脚又流血了。

"鲍伊你还能走吗?"迪·达卜问。

鲍伊说:"按刚才跑过来的样子来看,我应该可以的。"

第二章

那片灯光被雨水模糊的地方就是基奥塔。在下雨之前，鲍伊还能听到镇上的声音，但现在只有雨打在麦子上的"哗哗"声，以及落在长满麦茬的土地上发出的"滴答"声。他独自一人已经走了两个多小时，现在应该快到三四点了。在灯光后面的黑暗深处，迪·达卜和奇卡莫正在寻找奇卡莫的堂兄迪伊·莫布里的住处。当他们找到他时，他们会跟着他过来。如果他们能搞到迪伊的车，大灯闪三下就是信号。

鲍伊伸手按了按双脚，它们麻木得像树桩。如果被人袭击，他只能坐以待毙，所以他决定还是留在这里等。

东边的雷声隆隆作响，离他越来越近，然后在他头顶突然炸裂了，闪电如锯齿状噼啪作响，照亮了栅栏和湿透了的道路。

鲍伊想，我怕是见不到亲人们了。妈妈，珍珠姨妈，汤姆表哥，再见了。警察要做的第一件事就是查找他给谁写过信，然后去找到他们的住处。

再见了，妈妈。有一点要跟你说，就是我所做的一切都跟你无关，这是唯一的办法。也许你很快就会收到一个装着三四百美元的信封，然后你就可以去把皮肤看好，离开你现在的丈夫。

再见了，汤姆表哥，谢谢你的来信和香烟。但是，兄弟，当你待在那样的地方时，世界上所有的欢乐都与你无关了，日复一日，你每天都知道第二天会发生什么。

珍珠姨妈，你是个好女人，但如果你没有钱请律师，世上所有的人都帮不到你。但如果你想请一个好律师，你必须有好多钱。

有辆车来了，车灯在路上晃来晃去，鲍伊站了起来。这是一辆犁地的车，鲍伊俯身贴地，车从他身边开过去了。

他们会回来找我的。当你不知道一个人在哪里时，找到他需要花不少时间。把我留在外面？他们不是那样的人。不过天色已晚，现在城里一盏灯也不亮了。

闪电划破夜空。也许按下电椅开关的行刑人员也能看到这样的电流，鲍伊心想。那天早上律师进来通知，不对他进行极刑了，现在都过去九年了，但那场景仿佛就在昨日。也许当时在电椅上他已经死了？如今在雨中的是他的灵魂？在这个疯狂的世界里，什么都可以发生。也许我像猫一样有九条命。我在阿尔基的电椅上已经丢了一条命，还有八条……看这里，鲍伊，老兄，振作起来。在这里你会疯掉的！

又来了一辆车，车头发出微弱的光。听起来像是福特 T 型车。

鲍伊佝偻着向栅栏走去。那是一辆福特皮卡，车身砰砰作响。车上的灯时亮时暗，也可能是在发信号。它在干什么？他想喊，但忍住了。汽车继续行驶，马达旋转无力，慢慢地消失在夜色中。

他现在坐在路边，过不了多久就要天亮了。我不能在这里坐到天亮，他们可能遇到了麻烦，在那边吵得不可开交。但他们不会把我留在外面的，他们不会。我们在一起合作这么久了。就拿老迪·达卜来说吧，他每天都在监狱小卖部里干活，好让他们手上有点钱，他不可能刚带着两个哥们那么辛苦地跑出来，转眼却把他抛下，他也不可能只赚四百二十五美元就收手的。他早就计划好了，在迪伊家休整几天，然后去得克萨斯州找他嫂子，让她给他们找一栋带家具的房子。不，他不会这样的。奇卡莫呢？满口白牙的奇卡莫会怎样？

雨水拍打着他的脸，漫上他麻木的双脚。我不能永远待在这里，如果天亮前他们还没来，我只能自己过去。没办法了，我自己过去。

早上灰暗潮湿，细雨下，一头骡子套着马具，拉着一辆盖着防水油布的马车在赶路。一路的淤泥翻向一边，朝鲍伊行来。赶车人戴着一顶草制宽边帽，在马车边上蹒跚而行，他把工装裤卷到小腿，脚后溅起一个个大大的泥块。靠近时，赶车人把宽边帽抬起来一点，向他欠身致意。

"朋友，早上好啊。"鲍伊招呼道。

戴宽边草帽的人晃了晃下巴上的烟卷，说："早上好。"鲍伊指了指自己的鞋子，问："能搭你的马车进城吗？我的脚走不了了。"

戴宽边草帽的人朝马车的后面点了点头，说："上去吧。"

鲍伊转过身来，撩开帆布挡板，爬上马车。苜蓿的气味干干净净。他看到里面坐着一个女人和一个男孩。他们靠着座位，坐在铺着被子的稻草上。

"女士，你男人说我可以在这里挤一下。"

女人点了点头。

鲍伊斜靠在一侧，小心翼翼地放松双脚。马车舒缓地往前行走，车内干干净净，干燥的气味像铺了一块羚羊皮般舒服。他闭上了眼睛。

"妈，他是谁？"

鲍伊睁开眼睛，看着孩子，咧嘴笑了："孩子，你介意我和你们一起坐车吗？"

男孩把脸埋在母亲的怀里，母亲拍了拍他。"亲爱的，他是你爸的朋友。"

骡子的蹄子开始哒哒作响。鲍伊问女人："我们到城里了吗？"

女人点了点头，说："到广场了。"

鲍伊把脚向前伸到马车顶部，拉开车门，滑了下去。人行道就像一张铺满了钉子的钉垫。

广场中央是法院大楼，这是一座两层砂岩建筑，底楼写着用来区分的巨型指示：白人……黑人。广场周围都是一层或两层的建筑：格林伯格干货店、基奥塔银行、雷萨尔杂货店、汉堡店等。

雨停了，太阳看起来像一卷湿漉漉的黄纸。鲍伊穿过法院的草坪，朝街角的干货店走去。

店员靠在门口，双臂交叉放在胸前。当鲍伊走近时，他的肩胛骨往后推了推，身体站直，问："先生，要点什么？"

"我有十美元，"鲍伊说，"我要一条裤子、一件衬衫、一双袜子、一双鞋子，还有几条短裤。"

"进来看看吧。"店员说道。

鲍伊跟着他走进暗处，再朝里走了一点，空气中混杂着潮湿的羊毛气味，里面有螺栓和打扫工具。店员点亮桌子上方一个满是苍蝇斑点的灯泡，桌子上堆满了卡其色工作裤。

现在，鲍伊穿着干衣服，坐在长凳上，那个店员正在给他系鞋带。

"你认识这附近一个叫托比或霍比之类的人吗？"他问道。店员歪了歪头，说："不认识。"

"我以前认识一个住在塔尔西的人，"鲍伊描述了一下奇卡莫的外表特征，"嗯，他有点像印第安人，大概到我肩膀这么高，黑眼睛，瘦得皮包骨。"

店员摇了摇头。

"他当时在塔尔西的一家加油站工作。"

"达拉斯公路上有一个加油站，那里有个叫莫布里的家伙。"

"我不确定他叫不叫莫布里。"

"他是不是有一个叫基奇的女孩？一个长得很像印第安人的小姑娘？"

"不，没有。不过没关系，我跟他也不是很熟。"

穿上新鞋，脚感觉一点也不疼，还很好走路。太阳把水洼晒得发白，照在干燥的公路上，明晃晃地刺眼。他经过了伐木场，围栏上挂着撕碎了的表演海报，又经过了关闭的轧棉厂，还经过了一个旅游营地：安闲自得营。

就是那儿了。那边有个加油站，站里有个橙色的水泵，一个人坐在棚下的一把躺椅上。车站后面是一座看起来像烟囱的建筑物，再往后是树林。离公路再远一些的地方，左边有另一个加油站。

鲍伊走到棚子下面,朝着坐在躺椅上的那个人走去。"朋友,你好。"

"你好。"那人说。他长着一张肥大的脸,粗糙得像橡树皮,长而黑的鬓角上长着坚硬的灰色毛发。他身穿一件黑色棉质衬衫,扣着白色纽扣。

"有冰镇汽水吗?"鲍伊问。

那人站起身来,打开冰柜的盖子,鲍伊伸手抄起一瓶。

这时,鲍伊看见有个女孩站在商店的纱窗后面。她长得又黑又小,隆起的胸部把蓝色的棉质马球衫撑了起来。

鲍伊看向那个男人:"我能单独跟你说句话吗?"

男人朝女孩看去,女孩走开了。

"你是迪伊·莫布里吗?"

"是我。"

"你最近有没有几个朋友来?"

迪伊·莫布里看着鲍伊的鞋子。"你穿了双新鞋?脚痛吗?"

"该死的,被你猜对了,我刚在城里买的。"

"裤子也是新买的?"

鲍伊咧嘴笑了。

迪伊·莫布里问:"你到底去哪儿了?"

"在等奇卡莫和迪·达卜啊。"

"昨晚我亲自去找你了，"迪伊说，"昨天雨很大，像从盆里倒下来一样。"

"你在福特皮卡上？"

"是啊。"

"好吧，你绝对想不到，我就坐在那里，让你过去了。"

迪伊用拇指指了指公路上的加油站，两个穿着制服的人坐在小屋下面的长椅上。"那边的警察总是盯着这边看，你要像搭便车一样随意地过去，然后穿过树林往回走。那两人就在后面——我的'宿舍'。"

鲍伊一路小跑穿过树林，向加油站走去。他看到了迪伊称为"宿舍"的地方。一个波纹状的铁皮屋顶，掩在一棵大山核桃树的树枝下。他爬过栅栏，来到门前，敲了敲门，里面床铺的弹簧吱吱作响。他又敲了敲门，还是没人应答。"奇卡莫。"他叫道。

里面地板发出"咚咚"的脚步声，向门口而来。迪·达卜的脸嵌在微微打开的门上。"看在上帝的分上，进来吧。"他说。奇卡莫穿着内裤躺在铁床上，说："我们以为你已经回阿尔基了。"

"我一直都很懵，"鲍伊说，"我以为自己被落下了。"

奇卡莫说："我本来打算今晚自己回去找你的。"

迪·达卜指着光秃秃的木桌，桌上有一碗猪肉、一碗豆子、一大块黄色奶酪和一条掰开了的面包。"要来点吗？"

"嘿,我正想吃点东西。"

奇卡莫说:"我们直到今天早上五点才躲到这里,我本来打算今晚再去找你的,迪伊怎么会没找到你呢。"

"是我自己不好。"鲍伊说。他把豆子倒在一大块面包上,然后把它压成三明治。他咬了一口,嚼了嚼,咧嘴笑了。

第三章

直到一年前,迪伊·莫布里还在走私玉米威士忌,基奥塔的新治安官对此很不满。他靠着"宿舍"的墙壁蹲着,呼吸声很重,吐出浓烈的酒精烟雾,手指搭着的香烟在他的下唇上不住地抖晃。迪伊说:"治安官喜欢这里的毒贩子们,现在这里的酒生意都是他们在做。"

"那帮警察以及毒贩和我们一样,都是小偷。"迪·达卜说。他用手抹了抹额头上的汗珠,朝地上一甩,手指发出"咔嗒咔嗒"的声音。"按目前的情况来看,一个人必须有枪才能赚到钱。"他又说。

午后的阳光把热量带进了低矮且拥挤的房间。奇卡莫坐在一个翻过来的水桶上,用钢锯在.12的猎枪枪管上锉。鲍伊躺在床上,脸上敷着一条湿毛巾。

迪伊说，药贩们做姜汁、橙皮和护发素等廉价商品的买卖，印第安人们去五分和一角商店购买罐装烈酒，而医生们开开处方就能赚得盆满钵满。

迪伊说，他从秋天起就开始经营杂货店和加油站。他的女儿基奇白天来帮忙，晚上和他的妹妹玛拉在城里过夜，他晚上就住在这里的"宿舍"。

迪·达卜说："今天早上，那个女孩拿食物过来的时候，眼神不善。我觉得她不喜欢我们留在这里。"

"她跟别人不来往。"迪伊说。

鲍伊把毛巾从脸上取下来，这样他就可以看到迪伊了。

"我去塔尔西的时候，她会照顾你们的，"迪伊说，"只是你们不要去车站那边，晚上要注意点灯光。"

迪·达卜数出三百二十五美元给迪伊，让他在塔尔西买一辆二手车，花十美元买猎枪，剩下的二十五美元算作给迪伊的辛苦费。

"我也许能在明晚前赶回来，"迪伊说，"但是如果实在太晚，我就等到后天晚上。"

"我们想在明晚八点左右离开这里。"迪·达卜说。

"迪伊，我们不会忘记你的，"奇卡莫说，"你为我们尽心尽力，等我们赚了大钱,你也能分一杯羹。"

迪伊走后,迪·达卜说他们还剩九十五美元。这些钱可以让他们去得克萨斯州,并支付在那边一个月的房租。

奇卡莫放下猎枪,走过去拿起床上的一张地图。

迪·达卜说,离开这里的最佳时间是在傍晚交通最繁忙的时候。不走主干公路,沿着林木茂密的乡村走。备好几个五加仑的罐子,里面装满汽油,绕开达拉斯和沃斯堡这样的城市,因为那里会有警车巡逻。

一辆卡车碾过车站边的碎石。他们侧耳倾听,听见瓶子发出的响声。"汽水车。"鲍伊说。

迪·达卜说:"我可以在这些路上跑个一天一夜。把车弄干净,不要让它看起来像是天天在拼命跑的样子。每个人都把胡子剃了,收拾收拾,弄得像个城里人一样,这样在路上不太会被捕。"

奇卡莫说:"只要有人帮我在前面开车,我坐在后座,给我一把 .30 口径的手枪,我就可以击退任何一辆警车。"

迪·达卜说:"你可以找个黑鬼。我不明白这些所谓的侦探,怎么会认为小偷们没有胆量的,他们怎么会这么想。"

"我也不明白,"鲍伊说,"没有十辆警车,他们什么都不敢做;没有上千发子弹,他们都不敢出来抓人。"

"警察我是从来没怕过,"迪·达卜说,"反倒是那些你以为是你朋友的家伙，背后会捅你一刀，还有一个就是女人朝你发火，我就怕这两种。"

"还有酒，"鲍伊说，"有些人必须喝得烂醉才能干活。我不会，如果要干活，我从始至终都会保持头脑清醒。"

"你可以的，"迪·达卜说，"但是，一个疯婆娘比什么都恐怖，比其他任何东西都更容易让你被抓。是的，如果不是因为女人和告密者，警察其实不难搞定。"

"现在到处都是警察。"奇卡莫说。

"我连耶稣基督都不信。"鲍伊说。

"听老乡的。"奇卡莫说。

鲍伊说："即使耶稣基督现身，现在就走在这里，我也不会相信他。"

热气越来越浓，钻进鲍伊的鼻孔，火烧火燎。他拿起毛巾，扔进水桶里再次浸湿。

奇卡莫开始脱衣服。

"别脱，"鲍伊说，"万一那个女孩过来。"

奇卡莫重新拉上了背带。

"我当然想让我那个嫂子知道我出来了，"迪·达卜说，"但这样肯定会吵架，还是写信吧。我们去麦克马斯特斯的路上，我再给她打个电话。"

奇卡莫从地图上抬起头来。"离这里有三百二十五英里。那地方光秃秃的,除了油井和夹竹桃树,啥都没有。"

"有很多路的,"迪·达卜说,"哥们,我是在西得克萨斯的农村长大的。"

"你和你嫂子关系不错吧?"奇卡莫说。

"她是个可靠的人,"迪·达卜说,"她这样的女人是绝不会拒绝赚钱的机会的。我那个兄弟已经坐了五年牢了,要花几千美元才能从得克萨斯州出来。她现在一人打两份工,只要能赚钱,她肯定都会干的。"

奇卡莫说:"泽尔顿距离麦克马斯特斯四十英里,那就是我们要租房子的地方吧?"

"这两个镇上都有不错的银行,但我觉得泽尔顿更适合。"

奇卡莫把地图叠起来。"我在麦克马斯特斯认识一个律师,"他说,"他叫霍金斯,阿奇博尔德·J.霍金斯,我们叫他'老风',我和他在墨西哥一起躲过一年,他肯定能搞定。"

"他犯了什么事?"鲍伊问。

"他是麦克马斯特斯的一个县里的财务,每个月都私下克扣两万或两万五千美元,后来事情包不住了,他就逃去了墨西哥。"

"撬了金库?"鲍伊问道。

"哦,没有,只是私吞而已。他负责采购县里需要的物资,比如碎石和机器之类的东西。他只买了一车砾石，却开五车砾石的凭单，然后去银行兑现，把另外四车砾石的钱装进自己口袋。他在墨西哥躲了十四年，等所有的知情人都死了或者忘了后，再回去。此外，他后来还参加了律师资格考试，现在就在那里做律师。"

"那些政客和我们一样都是小偷，"迪·达卜说，"只不过他们用的是嘴而不是枪。"

奇卡莫说："如果你需要一个辩护律师，'老风'是个不错的人选。"

"我自己不需要律师了，"迪·达卜说，"我想如果我再被抓的话，请任何律师或这个世界上的任何东西都没用了。"

"我需要，"鲍伊说，"可以帮我洗刷罪名。"

"嗯，我是这么想的哈，"奇卡莫说，"额加额等于五，如果一开思没层功，就鸡西下去，直到层功为止（二加二等于五，如果一开始没成功，就继续下去，直到成功为止）。"

"啊，你这个该死的印第安人。"鲍伊说。

听着女孩基奇的声音，鲍伊血脉偾张，背脊一阵颤动。她现在蹲在煤油炉旁，在教迪·达卜怎样防止灯芯冒烟。棕色法兰绒裙子紧紧包着她的臀部。迪·达卜今天早上想在上面煮咖啡，却让大家吸了一鼻子的烟灰，还把鲍伊洗过的内裤熏黑了。

基奇说："只要像这样用火柴擦一下就好了。"

"老迪·达卜对这一窍不通。"奇卡莫说。

基奇站了起来，伸出发黑的双手。鲍伊赶紧从床柱上抓起毛巾，递给她。"这里很脏。"他说。

基奇接过毛巾，说："谢谢。"

"基奇，这个大个子乡下男孩很勇敢，是不是？"奇卡莫说。

鲍伊的耳朵感觉一阵发热，像被天鹅绒裹着一般。"别理那个无知的家伙。"他说。

"你是在乡下长大的吗？"基奇问。

鲍伊摇摇头，说："别理他们两个。"

"基奇小姐，他只是犟头犟脑，仅此而已。"迪·达卜说。

"笨头笨脑。"奇卡莫说。

"我看他的头还不错。"基奇说。

鲍伊努力忍住不把水喷出来。"好了，哥们，够了。"

基奇指了指床，床上放着一个装满的纸袋和两份折叠好的报纸。"袋子里有罐头汤，你们现在就可以在炉子上加热。"她转身朝门口走去。

"基奇小姐，谢谢你带来的食物和报纸。"迪·达卜说。鲍伊看着她，她黑色的头发剪得像个男孩，脖子短而结实，肩膀窄窄的。"谢谢你。"他说。

"没事。"基奇说。她走到门口。

"我说，那个小姑娘没把我们当好人。"迪·达卜说。他走到床边，拿起一张报纸。

"她挺好的，"奇卡莫说，"就是被困在这里了。"

"在我看来，她就像个小士兵。"鲍伊说。

"老迪伊由她说了算，"奇卡莫说，"他也不会在这里瞎搞的，如果他想买醉，他就会跑去马斯科吉，不过他有理由喝酒，他妻子抛弃了他们。"

"基奇的妈妈？"鲍伊说。

"她跟人跑了，现在到处兜售药品。"

"那小姑娘跟我们这样的罪犯没什么交集。"鲍伊说。

"兄弟们，看这里，"迪·达卜说，他把俄克拉荷马城的报纸摊在床上，敲着左上方，"看这里。"

鲍伊走了过去，他和奇卡莫两人都看到：

9月15日，俄克拉荷马州阿尔卡托纳，三名无期徒刑囚犯越狱。

今晚，州监狱长埃弗雷特·盖洛德声称，三名逃犯越狱后劫持了一名司机和一位农民，目前由监狱、县和市治安官组成的联合部队正在搜捕这三名逃犯。他们分别是埃尔莫·莫布里（三趾猫），三十五岁，银行抢劫；T.W. 马斯菲尔德（身上携带冲锋枪），四十四岁，银行抢劫；鲍伊·鲍尔斯，二十七岁，谋杀。

奇卡莫说："狗娘养的，又提我脚趾的事。"

监狱长盖洛德透露，莫布里和鲍尔斯利用了允许他们为监狱钓鱼的许可证，马斯菲尔德利用了进城的通行证，这三个人之前都是监狱里享有特权的模范囚犯。

二十一岁的杰德·米拉克是阿尔卡托纳的一名出租车司机，他被绑在自己的出租车里，这辆出租车在轮胎爆胎后被逃犯遗弃。据住在阿科塔以南十二英里的农民E.T.沃特斯回忆，三名男子持枪征用了他的汽车，在与三人同行一个多小时之后，汽车的燃料耗尽，沃特斯被绑在自己的车里，像米拉克一样被遗弃。

警方认为这三名亡命之徒将前往俄克拉荷马州东部的山丘。在过去几年里，许多罪犯都逃往那里避难。鲍尔斯是三名逃犯中最年轻的一个，目前正从死刑减为无期徒刑。十八岁时，他因抢劫未遂而杀害了塞尔帕县一名店主而被定罪，他也是监狱棒球队的一员。

监狱长盖洛德透露,所有这些人在监狱都表现良好。马斯菲尔德负责监狱的小卖部,向囚犯们出售香烟和糖果,他已在监狱里服刑六年。莫布里也是监狱球队的一员,刑期九十九年,曾在拉瓦尔县服刑五年。今晚,出租车司机米拉克描述了他被马斯菲尔德骗到距离监狱一英里的小溪,并在枪口下被迫交出出租车的经过。

米拉克说:"在镇上,马斯菲尔德告诉我,他想带点三明治和苏打水给他的几个钓鱼朋友。他平时比较可靠,我之前也这样做过很多次,所以就没多想。当我们到达那个地方时,马斯菲尔德用枪顶着我的后背,说如果我不服从他,他就杀了我。"

米拉克继续说道:"后来车胎爆了,备用轮胎也不行,所以他们把我绑了起来。之后他们穿过棉花田,朝公路方向走了。我后来设法挣脱了,然后把车开回了镇上。"

被绑的农民沃特斯呼喊求救,被猎人们听到获救。他说这些人对他倒是没动粗。

"又写脚趾头。"奇卡莫说。

"太搞笑了,"迪·达卜说,"他们非给我一把冲锋枪,我这辈子只握过一把机关枪,但连试都没试过,我只有一把自动手枪。"

"关于我们的报道不长吧?"奇卡莫说。

"兄弟,我希望只有两行。"鲍伊说。

"你的意思是什么都不写。"迪·达卜说,"但报纸最能造势,这些警察拼了命都会让自己的名字上报纸的。"

他们懒洋洋地躺在地上,在黑暗中都看不出人形,只有时不时吹蚊子和拍打蚊子的声音打破晚上的宁静。他们已在这里等迪伊·莫布里两天了。今晚车站的灯还没亮,他们就把一切都准备好了。奇卡莫把猎枪锯了下来,放在迪伊给他的旧伐木夹克下面。基奇在加油站前装满了两罐五加仑的汽油,还给了他们两个杂货袋和三个采棉袋。

"我只希望不是车的问题耽误了他,"迪·达卜说,"如果一开始就出车祸,那我就惨了。"

"他可能去喝酒了。"奇卡莫说。

鲍伊站起来伸了个懒腰。"真希望他能选个别的时间喝酒。"他走到树荫边,站在那里,看着车站的后面。然后他又走回来,站在奇卡莫和迪·达卜的上方。他们又安静了下来。

鲍伊走到车站边上,在棚子下面四处张望,看到有人坐在冰柜旁的椅子上。他朝那个人走去,他一走动,脚上的鞋子就在沙砾上发出"嘎吱嘎吱"的响声。

"天哪！"他说，"原来是你啊。"

"没关系。"基奇说。

他清了清嗓子说："我刚才不知道这里有人。"

"没关系。"

他看着停在公路旁的福特皮卡。"我当时还在想，我没有听到它开走啊。"

"是没开走。"基奇说。

鲍伊向她走去。

"想坐就坐吧。"基奇说。

他在门口蹲了下来。公路那边的加油站灯火通明，棚子下面停了一辆汽车，两个男人站在车旁，看着服务员给车加油。他说："我不知道是什么把你爸爸拖住了。"

"我的想法是，如果这事必须要做的话，就应该做。"

鲍伊摇摇头。"反正我们在这里也没什么事情可做。"

一辆汽车的车灯从弯道处突然窜出，在公路上喷洒出泡沫般的光。

鲍伊紧张地退后，背抵着门。汽车过去了。

"我在报纸上看到了关于你的报道。"基奇说。

鲍伊点了点头。

"我猜你自己觉得你必须离开这里？"

"我觉得再这样下去也没什么用,对我没有任何好处,唯一要紧的就是钱。"

基奇摇了摇头,说:"你们这样哪儿也去不了。你别跟那两个人在一起。"

"我也不知道,"鲍伊说,"该怎样就怎样吧。"

"那个奇卡莫只会闯祸。"

"我想你是误会他们了,就说迪·达卜吧,他已经在肯塔基州选好了一个小农场,他想安定下来。"

"那个奇卡莫·莫布里一辈子只喜欢惹麻烦。"

鲍伊咧嘴一笑:"他确实有点野。"

对面加油站车棚下的汽车开走了,服务员回去坐在了长凳上。

鲍伊说:"如果没被通缉的话,我也想开一个加油站,不过现在我要找一个旅游营地。"

"那种生活对你来说太慢了,"基奇说,"你想过快节奏的生活。"

"基奇,你误会我了。如果可以的话,其实我喜欢跟在一头独眼骡子和一只狗后面,就过这样的慢生活。"

基奇从她的马球衫口袋里掏出一包香烟,推起一支递给鲍伊。当他触摸到她的手,感受到她手上天鹅绒般的触感时,他瞬间血脉偾张,点燃了的香烟在他指间不住地抖动。

"你是怎么惹上麻烦的？"基奇问。

"我只惹过一次。"

"那一次。"

"你指要坐电椅那次？"

"嗯。"

"我跟人一起参加狂欢节，其中一些人说他们知道如何赚钱，我也想去看看。我想赚些钱，这样我就可以去科罗拉多州参加另一场演出了。他们偷了一个保险箱，我也去了。"

"你参加过狂欢节？"

"我十四岁时就开始参加了，到处转。"

"你当时就离家出走了吗？"

"我爸爸死后第二年我就离开家了。"

"你爸爸已经死了？"

"被人杀了。"

车站边传来"嘎吱嘎吱"的响声，那是鞋子踩在路上发出来的声音。鲍伊的头猛地一扬。

来的人是奇卡莫。"我来看看你有没有事。"

"只是聊聊天。"鲍伊说。

"没打扰到你们吧。"奇卡莫继续往回走。

基奇掐断烟头,朝皮卡方向扔去,鲍伊看着烟头在黑暗的地面上闪闪发光。

"你在塞尔帕杀了那个人吗?"基奇问。

"当时不是我死就是他亡,"鲍伊说,"他拿着枪追我。"

基奇动了下身体,身下的椅子发出"咯吱咯吱"的响声。

"如果我当时像其他人一样逃跑了,我也不会落得现在这个样子。那个抢保险箱的家伙第一个就跑了,这人绝对是个风云人物。"

基奇又抽了一支烟。

"你抽了不少了。"他说。

"其实我不想抽。"她把烟掰断了。

"我知道在这里很难生存,我不打算在这里再待下去了。我会回去,很快就会回去,我能面对这一切。"

"不,"基奇说,"你不能。"

"在我内心深处,我知道我不能,但我还是跟自己说我可以的。"

另一辆汽车正绕着弯道驶来。突然,车的灯光照亮了棚下他们俩待着的地方,两人愣住了,一动不动。

那是一辆双门轿车,迪伊笨拙地从车上下来,他喝醉了。"遇到了一点麻烦。"他说。

鲍伊回去告诉了奇卡莫和迪·达卜。"你们觉得今晚走会太晚吗?"

他说。

"不会。"奇卡莫说。他和迪·达卜走进了"宿舍"。

前面传来那辆福特皮卡发动发动机的声音,鲍伊快速向车棚奔去。当他绕到那里时,那辆皮卡车已经上了公路。他眼睁睁地看着它开走,听着马达声慢慢地在黑暗中消逝。

迪·达卜和奇卡莫正在往车里堆东西。"采棉袋在哪里?"迪·达卜问。

"我去拿。"鲍伊说。他走到基奇坐过的椅子旁,拿起麻袋。"碰到了棘手的事,"迪伊说,"脱不了身。"

他们开车离开了。风拍打着挡泥板上的麻袋,昆虫在车灯光束中打转,飞溅在挡风玻璃上。

第四章

鲍伊开着车,两只五加仑油罐在车后部空荡荡地响着,油表指针显示油位已经低于一半。好在已经过了沃斯堡和达拉斯,再行驶一百四十英里,他们就能到达麦克马斯特斯了。

迪·达卜说,麦克马斯特斯那边有一口废弃的探井。到那边后,鲍伊和奇卡莫留在那儿,迪·达卜先去找他的嫂子,他一找到房子,就回来接他们。

他们现在谈论的是房子。迪·达卜说,当他们有五个地方的房子,并且房子都很气派的话,他们才算安家了。他想在泽尔顿买一栋房子,在古谢顿和度假胜地清水镇也要一栋,在洛锡安和双莫尼斯也要一栋。

这些小镇都在半径两百英里之内，相距不过一小时车程，在抢劫银行后的一个小时内都可到达。

迪·达卜说，一定要找有两个车库的房子，不要让别人看到车，也永远不要让邻居看到家里不止一个人，不要让别人来问东问西，如果来问，也不要理。在泽尔顿和古谢顿，一旦有气派的房子，他们就可以买下来或租下来。

奇卡莫说："我们今晚摘棉花，乡巴佬，你一天能摘多少？"

"如果我认真干的话，能摘一磅。"鲍伊说。他看了看油表，油量越来越少了。

"还有一件事，"迪·达卜说，"一定要给房东太太最好的价格，要让她满意。"

奇卡莫说："我在佛罗里达州时，有个女房东，我跟你说，她能把我喝趴下。那个女人什么事都干得出来，就在我们觉得一切顺利的时候，我被抓了。"

迪·达卜开始讲述他在科罗拉多州的经历。在那儿，因为一件很小的事，他被警察追捕，一个大个子警察拿着双管猎枪对着他的眼睛，他站在那里连胳膊都抬不起来，他的右臂差点都废了。当时的情况是，他为了避风头，在外面躲了好几个星期，但没提前跟送牛奶的人说。那个家伙为了几美元去找了女房东，女房东看到房子被锁上了，就直接撬了进去，看到他放在房子里的那把该死的机关枪，还有一堆弹壳，被吓了一跳。她去找来了警察，他们给她看了一堆照片，她从里面认出了他。警察过来包围了房子，那时他正好回来，如果不是对面房子门廊上正好站着一个女人，他就死在那儿了。那个女人大喊大叫，让警察们不要开枪。之后一个半月，他每天都觉得那个黄毛一直用猎枪对着他的黑眼睛。

鲍伊说："我们必须尽快停下来加油。"

迪·达卜说："不过永远也别想把我再弄回科罗拉多州。当时他们想让我上电椅，我祈祷俄克拉荷马州的警察能抓到我。我在科罗拉多州被发现后，警察追捕我，被警察抓住已经够倒霉的了，但更倒霉的是我逃不了死刑了。当时有个瘦小的老审计员，常常来死囚房跟我们这些人聊天，想为杂志写文章什么的。我开始试探他，最后我给他看了一张五百美元的钞票。这张钞票已经在我的鞋底藏了六个月了。他按照我的要求，给我拿来了一把 .25 的自动手枪和胶带。我把枪绑在我的腿上，我已经下定决心，如果他们让我上电椅，我就杀光我身边的所有人。"

奇卡莫说："他们最后没让你上电椅吧？"

"没有，俄克拉荷马州的警察抓到了我，我被送回到了阿尔基，潘汉德尔的一个小老头看守员把我的枪从我身上拿了下来，之前两个星期我一直没办法把它处理掉。"

汽车拐了一个弯,然后沿着公路一路往下。他们看到一个沉睡小镇上的零星灯光。

"我们得在这里加油。"鲍伊说。

镇上的一切都关了,只有商店后门、谷袋上、加油站的油罐和轮胎内胎上、五金店的陈列柜上亮着小灯。

"看来我们得叫醒一个人了。"迪·达卜说。

"我们可以自己加油。"奇卡莫说。

鲍伊把车开到了五金店对面的加油站,棚子下面黑乎乎的,但办公室里亮着一盏灯。他下车走到门口,看见桌子上躺着一个男人,身上的背带垂了下来,头枕在一件卷起的外套上,他的左腰上别着一个空的枪套。

"见鬼,叫醒他。"奇卡莫说。鲍伊猛地拍门,那人动了动,站起身来,开始叽里咕噜,像下巴疼了似的。鲍伊心想,这家伙还真是个警察。

老家伙出来了,他把手枪插在枪套里,问:"你们想要什么?"迪·达卜说:"加点油。"老家伙挠了挠头,他的头发像绳子一样乱糟糟的。"加多少?"

迪·达卜说:"加满。"

老家伙走向那辆车,朝车内看了看。迪·达卜走向他,用左轮手枪的枪管顶在他的背上。"把油泵打开,你这个爱管闲事的老东西!不然我就把你的耳朵打下来。"

老家伙一脸苦相,奇卡莫从他枪套中拔出了那把六发左轮手枪。

"赶紧。"迪·达卜说。

"孩子们,我有老婆,还有四个孩子,"老家伙说,"看在上帝的分上,饶了我吧,我已经是个老人了。"

"把泵栓打开。"

"孩子们,看在上帝的分上。"老家伙拿出了叮当作响的钥匙圈。车已经加满油了,迪·达卜让老家伙坐上车。

"我们不如趁现在把那边武器仓库的门也打开算了。"奇卡莫说。

迪·达卜开车,老家伙坐在他旁边,奇卡莫和鲍伊站在两侧的侧脚踏板上。他们在武器仓库前停了下来。

奇卡莫用轮胎工具撬门,门被撬开后发出的声音,就像汽车的四个轮胎都爆了一样响。

鲍伊推开枪箱的玻璃门,把武器像木棍一样一件一件地堆在怀里。奇卡莫在采棉袋里装满了子弹。

他们离开小镇时,小镇仍然安安静静的,像没有人来过一样。

在离小镇约二十英里处,奇卡莫把老家伙绑在高高的招牌柱子上,并用铁丝缠住他的大拇指。

鲍伊说："你可以在明天早上大声呼救。"

"没关系，孩子们，没关系的，你们都很好。"

汽车疾驶在黑色沥青路面上，白色中线在下面快速流淌，像一股灰色的水喷涌而出。

奇卡莫看着从老家伙身上取下的六发左轮手枪，这是一把老式边疆系列，.38口径，.45口径的枪架。"我保证，你肯定想看看这个。"

"看什么？"迪·达卜说，"见鬼，我在开车。"

左轮手枪的雪松木枪托上有六个缺口。

"我刚才不知道那是个坏人。"迪·达卜说。

"黑人杀手，"奇卡莫说，"这些缺口就是这么来的，那个镇上到处都是黑人。"

"我刚才就应该把枪塞进他的喉咙里，"迪·达卜说，"他刚才盯着这辆车，我差点没忍住。"

鲍伊说："他一直想耍花招来着。"

迪·达卜说："之后那里可能会通缉我们。这辆车现在停在这里，用采棉袋盖好。他没有看到这辆车上没有牌照，不过我们很快就会得到一块套牌。你可以花一美元买到所有你想要的，我们买它个十几块。"

"那个老东西一路那样嚎叫，应该分不清这是一辆卡车还是帕卡德豪车。"鲍伊说。

天蒙蒙亮,像密闭的房间里弥漫着香烟的烟雾。慢慢地,看得见铁丝网、杉木栅栏柱、低矮扭曲的夹竹桃的样子了。鲍伊揉了揉下巴,说:"自从我们离开阿尔基后,我就没有刷过牙。"

探井的确是个好地方,在那里躲上一两天一点问题都没有。它距离泽尔顿公路有三英里远,这一段路沟壑纵横,杂草丛生,像齿轮一样崎岖不平。迪·达卜说,这条路一直向北延伸,越过那边的雪松木山丘,能到一条横向公路,那条横向公路又与古谢顿公路相连。

茂密的夹竹桃在井架旁的空地围起了一道篱笆。井架的木头灰扑扑的,像旧拖把一样,离井架稍远的地方放着一个巨大的木制大齿轮,上面的螺栓锈迹斑斑。

迪·达卜说,连负鼠猎人都找不到这个地方。有一次他抢劫了一家银行后,在这里躲了三天。

今天下午,是迪·达卜离开他们的第二个下午。鲍伊坐在一个摊开的采棉袋上,试着给那把 .12 的枪子弹上膛。他和奇卡莫抽签决定了谁能拥有这把宝贝,这把枪有一个手枪式握把和一根散热条,但鲍伊刚用钢锯一碰,散热条就脱落了,枪管也脱落了大约四英寸。

采棉袋边上放着更多他们从武器仓库拿来的枪支,锃亮的枪托和枪管在午后的阳光下闪闪发光。有两把 .12 猎枪、一把 .30-30 步枪,一把 .30-06 步枪,还有一把 .22 泵动步枪。

奇卡莫拍了拍他在迪伊家锯短的猎枪的枪托，说："我还是会用我的'老贝茜'，你只要给她大致指个方向就行。"他在喝酒，他在迪伊·莫布里开来的轿车后座上发现了半加仑威士忌。

"这个宝贝的扳机和枪机看起来就像一块手表。"鲍伊说。他把枪举在肩上，瞄准了井架顶部的滑轮。"好家伙，乖乖，"他说，"我对一群鹌鹑又能怎么样呢。"

奇卡莫拿起一个广口瓶，拧开盖子，把罐子递给鲍伊。

"这次我不喝了。"

奇卡莫喝了一口，然后颤抖着咬紧牙关。

"当我身上有一把手枪时，我就可以干活了，"鲍伊说，"之前迪·达卜说过，古谢顿有家军品店，我也许能在那里捞到一把。"

"我们现在有足够的枪支来小小行动一把了。"奇卡莫说。

鲍伊眯起眼睛朝下看这些枪。

"我自己要一把 .30–30 的枪，"奇卡莫说，"用这些'小绅士们'小打小闹正合适。不过我知道一件事，你可以用这支枪打穿一个人的屁股，却不会把他打倒。我亲眼看到过，我也试过。我和几个兄弟从威奇托逃出来，一车的警察追我们。我们坐的那辆破车根本开不快，所以我让他们在桥上把我放下车，我会拦住他们。"

"我一下车，他们就冲过来了。我冲下去，警察们从车里冲出来，就像这辆车要爆炸了似的。其中一个警察有两百多斤重,我在他跑过一片田地时朝他开枪。但他继续跑,一直跑到树林里才停下来。"

"他最终倒下去了吧?"

"没有,他后来来阿尔基时,亲口告诉我的,因为他知道是谁干的。他笑着说,他感谢我没杀他,我本来可以杀了他的。"

鲍伊说:"我不在乎被警察追,只要没被抓就行。"

"我这辈子只被警察抓过两次。第一次是在这个州,那时我还只是个流鼻涕的小混混。我当时开了太多保险箱,我发誓我那时候不知道那是犯法的。"鲍伊笑着说。

"他们在这个州抓到过我一次,我在这里的一个监狱农场待过四年。"

"伙计,我听说,在这些监狱农场,他们很粗暴。"

"是的,"奇卡莫再次拧开瓶盖,"不是每个人都能在监狱农场里活下来的。"

鲍伊放下猎枪,拿起了一把 .22 手枪,说:"我小时候一直想要一把这种小枪。"

奇卡莫说:"那次都是我的错,他们在佛罗里达州抓住了我,把我送回了俄克拉荷马州。和我在一起的那个女房东有点生气,我真希望当时知道那个女人去哪儿了,她那时候也已经不年轻了,我愿意带给她任何东西。"

"他们是怎么在那里抓到你的?"

"我在那里的一个赌场和一个犹太人发生了冲突。我当时喝醉了,跟你说也无妨,那个犹太佬不想玩梭哈,他就抽签或者什么都不玩。我骂他是犹太佬,还有一些难听的话,他说他不接受,我告诉他不接受也得接受。他想离开那个地方,我觉得最好去搜搜他的身。我抓住了他,一把把他扑倒在地。不过他没有带枪,我当时还算机灵,自己也逃了出来,因为在那个州,如果你露出枪来,事情会很严重。但我太自作聪明了,第二个星期天又去了那里,结果发现那边的警察比我想象中的在迈阿密的还要多。"

"一个人在这里一定要时刻保持清醒,"鲍伊说,"你说这个是想教育我吗?"

"当然不是。"

奇卡莫又喝了一杯酒。

"我当时和一个女人在佛罗里达州,身上带着一万两千美元。那个女人就是不肯跟我离开那个小镇,我想带着那些钱去墨西哥,就像我在这个州抢完之后那样,当时她要是跟我一起走就好了。"

"墨西哥那边怎么样?"鲍伊问。

"我在那儿待了一年。不过和其他地方一样,如果你没钱就没好日子过。我不喜欢那边,那边有些流氓总是仗势欺人,我可受不了。如果你人傻钱多，你可以在那边玩玩，但你在那边根本赚不到钱，当我把四百美元花光后，我就只好离开了。"

"我听不懂他们的话，越境对我来说很麻烦。"

"我在那里的时候从来都不用出示护照，而且你随时都可以买一本。五十比索可以让你在那个辣椒国得到任何你想要的东西。那里的警察都是贼老大。"

"你懂他们的行话吗？"

"懂。"

"说来听听。"

奇卡莫说："En Mexico hay muchas senoritas con culcu muy bonitas."

"你说了什么？"

"我说那个国家有很多漂亮姑娘，她们的屁股更漂亮。"

"你看起来就像个美籍西班牙人，还能说会道，所以你能混过去。"

奇卡莫又喝了一口："我在那边住的那个庄园是由一个老哥们经营的，他曾经也是个小偷。那里还住了三个白人，我们都是去那边避风头的。一个就是我之前跟你提过的'老风'霍金斯。"

"另外两个是谁？"

"一个是来自新墨西哥州的银行家，还有一个我们叫他'唐格眼'，他是埃尔帕索附近的一名副警长。"

"他犯了什么事？"

"杀了几个农场犯人。他不够聪明，搞不定这件事。你还记得他们在全州贴出大标语牌悬赏五千美元捉拿银行劫匪吗？死的都行。"

"伙计，我在阿尔基待了那么久，哪会知道外面的世界啊。"

"他们做得不错。唐格眼只是在银行前布置了几个老家伙，所以他们就得逞了。他只是不够狡猾。"

"不会还没人领这五千美元吧？"

"没。银行家们不会给的，除非那些劫匪都死了。现在警察安排的人比银行劫匪还多。"

洒出来的酒打湿了奇卡莫脸上的皱纹，流过他的喉结，淌到他的脖子上。他放下瓶子，在肩上擦了擦脸。"你现在处境很难。你没看到前几天报纸上的新闻吗？在宾汉姆监狱的农场上，有五个人因中暑而死了。那只是幌子，骗人的吧，我知道他们是怎么死的。"

"等我攒点钱，我就不干了。"鲍伊说，"我一直想告诉你们来着。"

奇卡莫像做示范一样抬起左臂，又举起右手。"当一个人拿着斧头把他的胳膊砍成这样的时候，这真是太难了！"

"该死，他们会那样做吗？"

"我看到四个男孩在一周内相互砍了，一个劈另一个，然后另一个再劈第三个。"

鲍伊紧紧地闭上了双眼。

"他们不想离开农场吗？他们只是没办法。这就是他们在首都告诉你的，那些监狱老大就是这么说的。在这个州的监狱系统里，每个人都是这么做的。这就是他们工作的方式，他们就是这么对你。"

"听起来不妙。"

"比如说现在是摘棉花的时候，假设棉田离板房有五英里远，天一亮，管理员就会把你赶出去。这些无耻的家伙，多年来都习惯打砸一些杂货店，他们会手持锉刀和匕首，赶你们出门。总之，他们把你赶出去，接下来你就要去田里干活了。别以为五英里外的棉田你可以走过去，你要跑过去，就像农场主想让他的马跑得飞快一样，每天来回跑三次。如果你不行，那天晚上你要么被抽鞭子，要么被棒打，要么被枪捅。"

"这听起来可不太妙。"

"我曾遇到过这样的人，他们看上去就像死了一样。我还看到一个管理员拿着双管猎枪，坐在马上，对他们喊'老东西，起不来了吗？'"

"天哪！"鲍伊叹道。

"是的，他们叫你'老东西'。如果他们存心找你麻烦，你根本就撑不下去。他们会说：'老东西，把手伸下去，把那片草捡起来。'如果你不够机灵，没看到草丛里的猎枪，你的屁股就会被打得稀巴烂，因为他们回去会反咬一口说你想拿枪。"

"太可恶了。"

"我听说那个农场就像个屠宰场，男人们像猪一样尖叫和求饶。如果你是一个男人，你在农场里就活不下去，除非你滚蛋，或者像一只整天哀嚎的老鼠那样。"

鲍伊说："这种地方，我肯定受不了。"

奇卡莫摇晃着瓶子，瓶子里沉甸甸的东西也跟着晃动起来，他喝了一口。

"我受不了那种事。"鲍伊说。

"孩子，我不是一下子就走上这条路的，"奇卡莫说，"很多人都会知道的，我不会杀任何人，他们只是自己杀了他们自己。"

鲍伊看着奇卡莫喝光了瓶子里的酒，心想，现在我知道他为什么右脚少脚趾了。

第五章

他们在泽尔顿租了一栋带家具的房子,然后就穷得叮当响了。昨天在麦克马斯特斯,迪·达卜差点出事,几乎发生了跟以前同样的事。当他去加油时,一车警察开到了他旁边,一车的枪指着外面。后来才知道,原来那些警察是在找隔壁镇凿洞越狱的几个家伙。但当时,就当迪·达卜在一个停车标志前停下来时,直视着他的是一个他从小就认识的警察,当然那个警察肯定没有认出他来。

"他没认出你来。"鲍伊说,他躺在客厅里铺着棉被的铁床上,"你从他当时的表现就能看出来。"

"反正不是啥好事。"迪·达卜说。

"好在我们在这里有一个很好的藏身之处。"鲍伊说。

"花七十五美元租这样一个房子可不太划算。"奇卡莫说。他瘫坐在空壁炉旁的摇椅上,他昨天喝了酒,眼睛里都是红血丝。

鲍伊说:"这些石油小镇的物价总是偏高。"

"把所有因素都考虑进去的话,这地方很不错了。"

这是一栋有五个房间的转角房子,离主街有三个街区。在他们后面的拐角处是一家加工厂,日夜开工。街对面是一块用栅栏围起来的空地,上面堆放着钻井材料。对面的街角是一个教堂的帐篷,帐篷对面是一栋两层楼的谷仓式建筑,是油田工人的宿舍。街上汽车来来往往,沙子和灰尘一直从纱窗钻进房间里,街上也总是有人在走动。

现在,他们三个人正在等迪·达卜的嫂子玛蒂。她去街角的汉堡摊买三明治和一牛奶瓶的热咖啡。她花的是她自己的钱。

"我受够了这身工作服,像个该死的印第安纳州人。"迪·达卜说,"鲍伊,你现在穿着卡其裤,像个油田工人。"

"我觉得自己更像一个饿死鬼。"鲍伊说。

"迪·达卜,别喊了,"奇卡莫说,"我可以从麦克马斯特斯的'老风'那里弄点钱,我给玛蒂写张纸条,应该能换五十美元。"

"五十美元不够,"迪·达卜说,"我们需要几千块,如果我们仓促行事会遇到麻烦的,我们需要汽车和一大堆东西。"

"赚钱是需要钱的。"鲍伊说。

"你知道我们今天早上经过的那个小镇吗?"迪·达卜说,"莫黑德,那个在街中央有个乐队看台的小镇。"

"知道。"鲍伊说。

"那里有一家银行,我小时候抢劫过。我把栏杆锯下来,爬了过去,拿了十四张一美元。我以前住在那个小镇上。"

鲍伊咧嘴笑了。

"你笑什么?"迪·达卜说。

"你爬过他们的栏杆,把他们洗劫一空!"

"当时我只是锯了一根栏杆,拿了一些零钱,那是圣诞节后的第二天。"

"你刚才说莫黑德银行什么?"奇卡莫说。

"我有点想去抢那里的银行,我有预感,在那家银行能搞到四五千。"

奇卡莫说:"那里可能只有五百,我之前发过誓,我不再打劫小银行了。"

"乞丐不能挑三拣四。鲍伊,你觉得怎么样?"

"我都可以,你们说什么都行。"

"迪·达卜,你别误会,"奇卡莫说,"如果你们想抢加油站,我也会一起去的。"

迪·达卜说:"你们没听我说过我抢的第一家银行吧。"

门廊上传来脚步声,他们听了一下,来的只有一个人。是玛蒂。迪·达卜去开门,她走了进来。她是个大个子女人,臀部就像一袋燕麦那样鼓鼓胀胀,脸上的皱纹就像干玉米叶片上的纹路。她手里拿着一个布满油渍的袋子,说:"我还以为他们永远也做不熟这些东西了。"

"怎么了,玛蒂?"迪·达卜问。

"没什么。"她把袋子放在壁炉架上。她的脚趾在宽松的黑色高跟鞋皮面上凸起。"我过会儿再来看你们,现在我得回去工作了。"她说。

"玛蒂,我真不愿意看到你这么辛苦,"迪·达卜说,"但是如果没有你,我真不知道我们该怎么办。"

鲍伊点了点头。

"对我来说,现金最重要,我需要一些钱。"玛蒂说。

"会给你的。"迪·达卜说。

玛蒂走后,他们开始吃汉堡,迪·达卜告诉他们关于她的事。她在三明治店工作,每天挣一美元。一个女人一旦喜欢上一个男人,什么事都愿意为他做。他哥哥蹲监狱两年了,她每星期都给他寄钱,真是万里挑一的女人。他想让玛蒂拿到一大笔钱,去请一个律师,让他哥哥重获新生。他还打算让他们开个旅游营地,这样他哥哥就再也不用去当小偷了。

奇卡莫说:"莫黑德的事我们还没定。"

"我就等你们俩的意见,"迪·达卜说,"要去,明天就可以。开七英里穿过麦克马斯特斯,事成后回到探井。天黑后再穿过那个镇子,明天晚上就能安安稳稳地坐在这里了。"

"鲍伊,你觉得怎样?"奇卡莫说。

"我加入,"鲍伊说,"我准备好了。"

"那就这么定了。"迪·达卜说。

奇卡莫说,有些人喜欢在银行开门之前抢,有些人则喜欢在上午十点半或下午两点左右动手,但他觉得任何时间都合适。

迪·达卜说,莫黑德的银行里,工作人员不会超过三四个,也不会有超过三四个客户办理业务,这家银行每次只接待一个人办理业务。四个人合作就可以了:一个人把车停在外面,确保没有人从里面出来;一个人守在大厅里,不让任何人进来;另外两个人负责看守金库,以防有人碰任何开关报警。

鲍伊又躺在了小床上,心想,我什么事都能干。

"钱本来就不够,这样的话还要分成四份哩。"奇卡莫说,"三个人行动就够了。"

"我只是跟你们商量,"迪·达卜说,"这又不是我第一次抢银行。"

"我没别的意思。"奇卡莫说。

"他不是故意的。"鲍伊说。他坐了起来,看着煤油炉,但上面的灯芯太短了,掐灭不了了。

"外面的那个人最辛苦,"迪·达卜说,"有些人认为守在外面的最容易,但其实他是负责整件事情的第一道。在银行内部的反而容易,我从来没有见过一个银行家,你把他扑倒在地后,他还不屈服的。你们想象一下,一个足够理智、能在银行工作的人,当你把他扑倒在地时,他肯定有足够的理智表现得像个没用的家伙。"

奇卡莫说:"有时候得来硬的。"

"只有印第安纳州人才杀人。"迪·达卜说。

鲍伊说:"我觉得没必要杀了他们。"

"银行家们会让你自己拿。他们有保险,反正也是纽约亿万富翁们的钱,他们是资本家。"

鲍伊说:"我希望这次去莫黑德银行能多抢一点。"

"无论如何,够买香烟的。"奇卡莫说。

"不会的,我这辈子还没抢过一个穷人。"迪·达卜说,"我不可能去抢劫加油站或汉堡店。"

"我也不会,"鲍伊说,"加油站里的人一天赚不了两三美元,如果被抢了,他们就得自己补上。我宁愿去乞讨,也不愿那样做。"

奇卡莫说:"我只知道我很快就能换上价值十五美元的斯泰森帽和价值六十美元的西装了;我要黑色的西装,丝绸毛绒的,我再也不穿工装了。"

迪·达卜回到厨房,拿着三根扫帚条回来了。

"抽到最短的守外面。"他说。

鲍伊抽到了最短的那根。

其他人都睡了。鲍伊躺在客厅的黑暗中,他的手肘搭在窗台上,手指抓挠着纱窗。先生们,我攒够五千美元后,就不干了,他想。

鲍伊听到中间房间的床咯吱作响,他笑了。是那个印第安人,他想。

外面的院子里传来一阵声音,鲍伊坐了起来,把手伸向小床边的枪。是两个提着饭桶的人穿过院子,回机器车间去了。鲍伊又躺了下去。

他想,下次去见她时,我一定会开着一辆崭新的汽车,穿着灰色西装,打着红色圆点领带,穿着有珍珠纽扣的法兰绒衬衫。我会对她说:"我在找几年前在这里给我上了一堂课的那个小女孩。"她肯定会显得非常惊讶,不过她会露出一个微笑。

那是鼾声吗?是那个老兵。我也有点睡意了,一只羊、两只羊、三只羊、四只羊、五只羊、六只羊……

第六章

莫黑德小镇有一个呈漏斗形的商业区。公路拓宽后,北侧的四个街区是加油站和餐厅。一条主街在此交叉连接,而漏斗口处的石头建筑和木质门面显得低矮且破败。鲍伊开着车,沿着漏斗口向上行驶,朝着街区尽头的乐队看台驶去,此时是十点三十分。

农民州立银行位于乐队看台左角,靠得很近。这是一座单层建筑,装有防盗窗,前面有两根水泥柱。"里面就是我们的大餐。"奇卡莫说。迪·达卜摸了摸额头,模仿敬礼的样子,说:"先生们,我们一会儿就来见你们,别不耐烦。"

鲍伊绕着乐队看台转了一个 U 形弯,然后挂挡,发动机引擎空转。

他驶过银行、橱窗里陈列着螺栓等商品的液压店，以及药店的专利药品陈列柜，然后切入斜停在杂货店前面。杂货店的橱窗里陈列着女士内衣，店左边是肉类市场，之后是一家杂货铺。两个农民模样的人坐在杂货铺前的舔盐块上。一个穿着印有"M"字样的红毛衣的年轻人从液压店出来，上了一辆卡车。

迪·达卜和奇卡莫下了车。奇卡莫转过身，眨了眨眼睛，说："赌十美元，我赌今天下午红袜队能打败巨人队。"

鲍伊咧嘴一笑："成交。"

两人在街上走着，迪·达卜的工作服的袋口处皱巴巴的，奇卡莫的头在他长长的脖子上晃来晃去，他们转身进了银行。

鲍伊收起玩笑的心情，严肃谨慎起来。他将车挂到倒挡，退了出来，然后沿着街道朝公路方向开去。

前面的轿车停在了邮局门前，鲍伊转过身来，超过了开车的女人。他想，我马上就会像这样把车停在那家银行门口。有两个戴着宽边帽、穿着靴子的男人站在干货店门前的角落里，他们没有抬头。一只肋骨隆起的狗在鲍伊前小跑着穿过街道，朝车库方向跑去。车站的卸货平台上放着一台打了板条箱框的犁。

鲍伊转过第二个弯，经过木材厂，再走一个街区，然后再转一个弯，他就会再次来到银行。昨晚又做那个梦了，关于他的父亲。他几乎记不起父亲长什么样了，但每次在梦里都和他自己一样清晰。总是做同样的梦，他和他的父亲在台球厅，另一个男人正准备用球杆打他的父亲；他大喊大叫，而他父亲却听不见；他试图开枪打死那名男子，但他手中的手枪碎成了碎片！

鲍伊转过最后一个弯。也许那个梦意味着厄运的到来。如果他现在手指交叉祈祷着数到十三，这将打破厄运。一，二，三，四……

十二，十三……鲍伊在银行前停了下来。双腿间那支锯短的猎枪被他抬高了一点。加油，朋友们；加油，老兵；加油，印第安人。我们抢完要尽快逃跑。

现在多了两个人站在杂货店前，其中一个人抽着一根弯杆的烟斗。他转过身来，朝街上的银行望去。好吧，警察，这真是一个让你饱眼福、惹麻烦的好办法。那人转过身来。

迪·达卜从银行走了出来，工作服的前襟鼓鼓的！奇卡莫紧随其后，左臂下夹着两个雪茄盒。鲍伊看着街道两侧，看着对面。没有人大眼瞪小眼，也没有人发觉有什么不对。

他们上了车，鲍伊发动引擎，奇卡莫砰地关上门。坐在舔盐块上的两个人站了起来，其他人也转过身来张望。

鲍伊突然转向公路，汽车左轮发出"呜呜"声，对面驶来的运油车猛地刹车，司机破口大骂。鲍伊用力踩下油门，小镇被甩在了后面。

一个用棍子赶牛的男孩扭过头来,看着他们经过。

"有人追上来吗?"鲍伊问。

"没有,"奇卡莫说,"他们在半小时内出不了金库。在那个镇上,人们还不知道南北战争已经结束了呢。"

迪·达卜回头看了一眼,说:"没人追上来。"

"你们顺利吗?"鲍伊问。

"顺利。"迪·达卜说,他从自己的工装裤里掏出一把左轮手枪,"我在那里拿了一把崭新的柯尔特45手枪。鲍伊,我把那把珍珠手柄的枪给你。奇卡莫,你看见我从那抽屉里面拿出来了吗?"

"是的,我看见了。"

"你还拿了别的东西吧?"鲍伊说。

"是的,有个三四千吧。"迪·达卜说。

奇卡莫回头看了看,说:"他们还不知道这一切是怎么回事。"

一辆汽车越过前方的高地,急速向他们驶来。这辆车挂着加州牌照。

"四千美元不少了吧?"鲍伊说。

"我觉得可能没那么多。"迪·达卜说。

"小子,你不会想让我们在银行大门之前先停下来数一下吧?"奇卡莫说。

鲍伊笑了。

泽尔顿的天际线出现了:十四楼高的酒店、立管、山上的学院建筑。"在他们逃出金库之前,我们要先躲起来,"迪·达卜说,"我有点举棋不定,但我们还是别直接去那个房子了,先去探井那儿吧。"

鲍伊将车驶离公路,开上了泽尔顿这边的一条土路。他们经过了过滤厂和城市骡舍,然后鲍伊掉头向东。没多久,他们就在一条铺过路的居民区街道上了。他们穿过小镇,抄近路回到机场旁的公路。

当他们接近旧井架的转弯处时,前面开来一辆车,鲍伊放慢了车速。那是一辆大车,一个黑人开着车,后座上一个男人抽着雪茄。等车开远,看不见后,鲍伊将车转向井架大道。

奇卡莫爬上井架的梯子,监视着公路。鲍伊把大采棉袋摊在地上,迪·达卜把小帆布袋里的东西都倒在上面。分别用橡皮筋扎好的百元、二十元、十元、五元和一元的钞票堆在一起,高高的,就跟一顶斯泰森牛仔帽一样,两个雪茄盒里的硬币也撒了一地。

奇卡莫吹了一声口哨,他们抬起头来。"你们在下面玩什么?"他问。

"吓我一跳。"迪·达卜说。

"你这可恶的家伙,该死的印第安人。"鲍伊说,"你已经输了十美元了,现在巨人队已经把红袜队打得落花流水了。"

"再赌十美元,赌你是个骗子。"

"跟。"

"声音会传到外面的,"迪·达卜说,"你们过会儿再谈。"

"奇卡莫,我们小声点。"鲍伊说。

迪·达卜从那堆钱中拿出四百二十五美元,然后用橡皮筋捆起来。这是他活动前就有的钱,他把钱放进了衬衫口袋。鲍伊拿起一张十美元钞票。"这里的六美元是奇卡莫的。"他说,"这是他的钱。"

随后,迪·达卜开始分钱,就像发扑克牌一样发钞票,三堆钞票越来越多。最后,大家分了一下,每人有一千零二十五美元。大家决定,硬币就留在箱子里,用来支付汽油、啤酒和香烟等日常开销。

奇卡莫爬下梯子,加入了他们。

"我刚才正要跟鲍伊说那个银行老家伙的事。"迪·达卜说,"那老家伙好像从来没想过那是抢劫。"

"他从头到尾没有举起手吗?"奇卡莫说。

迪·达卜大笑:"他一直没有。鲍伊,当我们进去的时候,他坐在一张办公桌前,对着一台老式的奥利弗打字机动来动去。我只好过去把椅子从他脚下踢开。他说:'见鬼,你到底知不知道这是啥?'我一把将他拽起来,用膝盖顶着他,把他拖到金库。我想在他明白之前,我们已经把这地方洗劫一空了。"

"其他人都怂得很,"奇卡莫说,"他们去金库时走路都不利索了。"

"当时没有客户吗?"鲍伊问。

"有一个，"迪·达卜说，"奇卡莫，你不是从他身上拿走了一袋钱吗？"

"是的，"奇卡莫说，"我这里有三四十美元吧。"他从屁股口袋里掏出一个小钱袋，"每人一千或一千二，迪·达卜，对吗？我对小银行没有兴趣，但我们可以同样很容易地洗劫泽尔顿的那家银行。"

"先生们，我们会去洗劫他们的。"迪·达卜说。

浓得像打发了的蛋清的云层在午后的天空中移动。透过云层间的缝隙，天空就像深蓝的海水一样清澈，公路上只有汽车的轰鸣声。有车经过时，他们会停下来不说话，听着汽车驶过。他们现在说话时，都是小声交谈。

他们决定，天一黑就返回泽尔顿，然后鲍伊把那辆车开到镇子边上烧掉。奇卡莫坐车去埃尔帕索，几天后回来，去弄两辆又快又轻的汽车和一些额外的牌照。迪·达卜会去麦克马斯特斯，让玛蒂帮忙租一辆车。他们至少会再租两栋房子，一栋在古谢顿，另一栋在清水镇。

"再过两三天，我们应该就能在这里安定下来了。"鲍伊说。

"也许玛蒂会带她的妹妹和我一起去租房子。"迪·达卜说，"兄弟们，你们知道吗？上次见她，还是她穿尿布的时候，之后我就再也没见过她了。她现在超级可爱，我想让你们俩见见她。"

奇卡莫说："我现在想吃点东西。你们发现没，自从昨晚吃了汉堡后,我们什么都没吃过。"

"有意思,我竟然一点不饿,"鲍伊说,"我就想抽一根特制烟。"

"我记得上次我像这样躲在乡下的时候,我们有一台收音机,当时在收听球赛,"迪·达卜说,"奇卡莫,你最好在车上放上一台收音机。当你像这样外出时,能打发时间。"

第七章

在这个周六晚上的购物狂潮中，拎着购物袋的泽尔顿人熙熙攘攘，在鲍伊周围挤挤挨挨。他今晚来到市中心，就是为了远离那间带家具的房子。他已经一个人在那里住了三个晚上，这让他感到很不安。他整个上午和下午都待在家里，想着他们俩今天肯定会出现，但奇卡莫还在去往埃尔帕索方向的某个地方，而迪·达卜还在弄房子的事。

今晚，鲍伊本打算去看一场电影，但两家影院除了牛仔枪战片外，没有其他选择。他想，这种电影真是大煞风景。

他停在杂货店前，橱窗里陈列着柯达相机和照片。一张照片上，有一对年轻夫妇带着一个婴儿；另一张照片中，一个猎人站在一辆汽车旁边，汽车的踏板上躺着一只麋鹿；第三张拍的是独木舟上的一个穿泳装的女孩。鲍伊凑近一看，在第二张照片中，猎人手中的枪是 .415 温彻斯特手枪，麋鹿身上真有六个枪洞。

鲍伊继续往前走。那个基奇·莫布里肯定很上相。

玻璃后面的阴影灯照亮了女士们的衣服：丝绸衬衫、连衣裙、长筒袜、内衣。基奇住在那个小镇上，她可能从未见过这样漂亮的东西。

在百货公司入口处的镜子里，鲍伊看着镜子中的自己：铁灰色的西装，宽边帽，胸前口袋里的白色手帕。他屁股上右边口袋鼓鼓的，里面揣着迪·达卜给他的 .38 手枪。只要一有空，我就去买一个皮套和带子，把它挎在胳膊下面，他想。这样就不会比帽子更让我时刻注意了。不过我看起来还不错。老迪·达卜怎么评价我来着？"那个鲍伊看起来更像一个警察，而不是一个小偷。"奇卡莫说："就像一个进城的乡巴佬。"那个印第安人。

鲍伊转身回到街上，经过五分一角店、J.C.潘尼百货公司，以及街角的担保州立银行。他转身到了前街，这是一条灯光昏暗的大道，到处都是小咖啡馆和一元旅馆。街道的另一侧是德州太平洋铁路公司的草坪，草坪上种着桑树，还有停车场、货运办公室和站台。

一个头戴搬运工帽、身穿白色夹克的黑人坐在旅馆门口的凳子上，他头顶的白色圆球上的文字闪亮：乐居旅馆。

"老板，今晚想找个漂亮姑娘吗？"这个看门人说。

"滚，你个黑鬼。"鲍伊说。

在纽约咖啡馆前的街角，一名警察站在那里和一个光头男子说话，他的一只脚踩在路边一辆汽车的保险杠上。鲍伊从他们身边走过。你比警察占优势，你可以认出他们，但他们不能认出你。这里的侦探和治安官也很容易识别，他们都穿着牛仔靴、头戴白帽，穿黑西装打细领带。他走过去的时候被那个警察认出来了？好吧，警察只有一把手枪，他不是也有一把吗？但有一点，他必须尽快到乡下去，练练这把 .38 的手枪，用用习惯。

鲍伊转身朝铁路草坪走去，走向那间家具齐全的房子。

房子的车道上停着两辆崭新的汽车，鲍伊想赶紧跑进去，但忍住了。他想，那个印第安人肯定已经回来了。车是福特 V8 型的，一辆是黑色的，有后备厢，另一辆是枪灰色的，都是三厢轿车。

是迪·达卜开的门，他穿了一套新的藏青色西装和一双棕褐色皮鞋。

"奇卡莫来了吗？"鲍伊问道。

迪·达卜用拇指指了指里面，浴室传来"哗哗"的水声。"在洗澡，醉得一塌糊涂。我想他应该买光了墨西哥华瑞兹市所有的龙舌兰酒。"

"我一开始还以为你们俩在什么地方出事了。"鲍伊说，"你到这里多久了？"

"我是天黑后到的,当时他已经在了。"迪·达卜走过去,躺在小床上,床边有一堆散落的报纸。

"你看到莫黑德的消息了吧。"鲍伊说,"那不是个笑话吗?驾照上只对了一个数字三。还说它是'绿色双门跑车',那辆老雪佛兰唯一的绿色就是它周围的条纹。"

"那些报纸从来就没说对过什么,你开始踩点这家银行了吗?"

"你们走后的每个早晨我都去,昨天早上天还没亮我就去了,一共进去了三次。金库九点开门,有时更早,因为门一开它就开了。"

"谁最先进去?"

"一个杂物工,六点左右。这是一家小银行。最近的警察就在停车场看着客户进去。"

"听起来还不错。"

"迪·达卜,你这几天怎么样?"

"我们把房子都搞定了。露拉,是玛蒂的妹妹,我跟你提过她,这两次出去她都和我们在一起。"

"房子在古谢顿和清水镇?"

"是的,清水镇那地方看起来像个百万富翁的垃圾场。露拉很喜欢那里。"

"外面的那些车看起来像是老奇卡莫带来的,把三厢轿车拖到这里来可真不容易。"

迪·达卜坐了起来。"我想周一抢这家银行。你怎么说？"

"如果明天不是星期天的话，那我就可以。"

"我明天要去看姑娘们。"迪·达卜说。

奇卡莫从浴室出来，来到客厅。他穿着背心和丝绸短裤，头发上还滴着水。肱二头肌和前臂上的青筋像一条条苍白的蚯蚓。

"这不是那个乡巴佬吗？"他说。

"嗨，奇卡莫。"

"我们不在的时候，你一直在那个礼拜堂吗？"

"我一直想在镇上这家小银行里谋份差事。"

奇卡莫说："老鲍伊，别人说什么他都信。"他看着迪·达卜，眨了眨眼睛。

鲍伊说："除了你，我谁都信。"

奇卡莫哈哈大笑，他光着脚拍打着地板，向卧室走去。

迪·达卜又拿起了报纸。鲍伊走过去，坐在摇椅上，点燃了一支烟。

报纸一页页地被翻来翻去，哗哗作响。"每次拿起报纸，我都会看到那个该死的小杂种的名字，"迪·达卜说，"如果我看到他，一定打得他屁滚尿流。"

"迪·达卜，那是谁？"

"写报纸的人,他诬陷我。有一次,我想在这个州的监狱里凿个洞,没想到出了乱子,这家伙来找我,要我把事情都告诉他,他好给杂志写篇大报道。为此,有几个男孩被杀了,我的屁股也被子弹打穿了,一团糟。这事大家伙都知道,这个烂人说如果我告诉他真相,他文章出来后和我分钱,我当时连买根烟的钱都没有,所以我就告诉他了。你真该看看杂志上的报道,那上面,我成了个大人物,说我派了两个人先上去送死,因为我觉得这样守卫会把子弹打光,好保证我和另一个还在梯子下面的同伙的安全。谁都知道,因为他们即将上电椅,所以才会先爬上去。我没上去是因为那该死的梯子坏了,那种连接的梯子,你知道的,然后那个烂人把它写成了那样。"

"你猜他有没有给你寄钱?"

迪·达卜抬起头,嗤之以鼻。

奇卡莫手里拿着一瓶龙舌兰酒回来了。他穿着带褶皱的棕色斜纹软呢长裤,蓝色衬衫,打着黄色领带。

他把酒瓶递给鲍伊,鲍伊摇了摇头。

他说:"看在上帝的分上,做个爷们吧。"

鲍伊喝了一口。

"我在佩科斯附近的一个三明治摊位上碰到了一个小屁孩,我们在阿尔基的时候就认识的,"奇卡莫说,"你们还记得那个叫萨切尔·普拉特的孩子吗？"

鲍伊和迪·达卜都点了点头。

"他一眼就认出了我，爬上那辆车，告诉我他知道哪里好弄钱。"

"某个地方有个铁皮保险箱，里面有三十美元。"迪·达卜说。

"我把他耍了。我告诉他我先要继续赶路，天黑后就去他跟我说的地方，然后我们一起去做他说的那档子事。"

"我记得那个孩子，"鲍伊说，"他班卓琴弹得很好。"

"我从城里给你们带了好东西，"奇卡莫说，"我找到了几把不错的柯尔特.45手枪，你可以把你的.38扔了。"

"哥们，听到这个我太高兴了。"

"不过，你必须向我保证，不要把它放在枕头下睡觉。"

"这又有什么说法？"鲍伊说。

奇卡莫看着迪·达卜，眨了眨眼睛。他用手指了指鲍伊，然后说："你晚上肯定就是这么睡的吧。"

"是的。"

奇卡莫看了看迪·达卜，又看了看鲍伊。"听着，哥们。睡觉时一定要把枪放在你身边。如果有人闯进你的房间，你就能像他们对付你一样对付他们，你肯定不能像这样，把手伸到你身后去吧。"

"我以前从没想过这个问题，"鲍伊说，"奇卡莫，幸亏你告诉我。"

迪·达卜站起来,说:"我们来说说这家银行怎么样?鲍伊周一可以,奇卡莫,你呢?"

"你不用问我什么时候可以,我随时都是准备好的。"他举起酒瓶,"咕噜咕噜"地喝了起来。

"老兄们,这将是我的第三十家银行。"迪·达卜说。

第八章

　　昨晚,迪·达卜抽到了最短的扫帚条,但因为他更了解银行内部的情况,所以决定由奇卡莫驾驶黑色V8,等在外面,鲍伊和迪·达卜一起进银行。他们今天早上四点钟起床,开车来到井架洞,在那里留下那辆枪灰色轿车。现在已经六点了,他们坐在西尔斯罗巴克公司商店门前,旁边是州立担保银行。街道空荡荡的,看起来像河流一样宽阔。

　　迪·达卜说:"奇卡莫,如果我和鲍伊到九点还没有出来,你最好也进来。"

　　奇卡莫抬起头,做了一个大笑的姿势。

　　一辆摩托车呼啸而过,只闻其声,不见踪影。在街道的远处,咖啡馆前，一个男人走了出来，坐上了一辆车，"砰"的关门声在房屋的夹道中回响。汽车开走了。

"他来了。"鲍伊说。他指了指街上，一个穿着灰色粗线毛衣的黑人走了过来。鲍伊和迪·达卜下了车，站在车旁。

黑人是个中年男子，鬓角像钢毛一样。他站在银行门口，摸索着钥匙圈，找到一把，插进钥匙孔，握住了把手。

迪·达卜说："亮亮，我们和你一起进去。"鲍伊把枪管紧紧抵在他的毛衣上，然后他们一起走进了银行。清晨，银行里干干净净，但还有点暗。鲍伊蹲下身子，从拉上的百叶窗缝隙下看出去，奇卡莫已经开车走了。

黑人喘着粗气，像在跑步时的呼吸，手腕僵硬地从磨破的毛衣袖口中伸出来。"我听不懂你的意思。"他说。

"亮亮，别自找麻烦。"迪·达卜说，"如果不老实的话，就把你埋了。"

鲍伊用铜丝把黑人的拇指绑在身后。"先生，我在这里上班已经二十年了。你可以问问泽尔顿的任何人，这里的每个人都认识老泰德。在这家银行里已经干了二十年，当他们还在老楼里的时候，我就……"

"够了，亮亮，"迪·达卜说，"你希望下个星期天还能再去教堂吧？"

"是的，先生。"

"那你就老实回答我的问题。"

"好的,先生,我一生从未对任何人撒过谎,你可以去问泽尔顿的任何人。"

前门上方的时钟显示六点三十分。银行里面,前面的地面铺了灰色瓷砖,两侧是棕色的栏杆,栏杆内是干净整洁的办公桌,桌上摆放着刻有字母的支架:总裁、行长、副行长……青铜笼子围住了通往金库的通道。这是一扇又大又宽的铝制黑色大门,右边是一条通向侧门的通道。

"亮亮,那个大金库什么时候开锁?"迪·达卜说。

"大哥,这件事我不清楚,连大老板都不知道,只有伯杰先生知道。"

"他什么时候来?"

"他是最早到的,八点前。"鲍伊四处走动,透过侧门上的百叶窗缝隙,他看到了货运站紧闭的铁门。一辆油罐车开过,时钟滴答作响:七点。

此时,外面的街道上响起更多的汽车声。一辆有轨电车鸣笛,十字路口的铁路信号灯开始"叮叮当当"响起来,一辆公共汽车的尾气"噗噗"地冒出来。鲍伊读着前门电线杆上手写的足球赛程。

前门的把手转动了一下,一个浑身散发着生发剂和剃须膏气味的男人走了进来。他个子不高,肚子圆鼓鼓的,就跟一匹小母马的肚子一样。

"你是伯杰先生?"迪·达卜问,他左手拿着一把打开的折刀。

那人站在那里,左手像瘫痪了一样伸着,像是要关门。他上下不住点头。

"伯杰先生,这是抢劫,如果你想继续活着,我想你应该是想的,你就得配合。"

"我明白。"伯杰先生说。

当时是七点十五分。

货运站厚重的大门"吱吱嘎嘎"地打开,货车上下的碰撞声、火车头汽笛的鸣叫声此起彼伏。

七点四十五分。

透过侧门的百叶窗缝隙,鲍伊看见一个女人的黑色法兰绒外套和穿着丝袜的脚踝。他转过身,看见和伯杰先生、亮亮一起站在金库前的迪·达卜朝他点了点头。鲍伊打开了门。

那女人像被针扎了一样喘着气,鲍伊用手捂住了她的嘴。她瘫软在他的怀里。"别紧张,女士,"鲍伊说,"没人会伤害你的。"

"冷静点,比格斯塔夫小姐,"伯杰先生说,"他们不是暴徒。"

"我从不杀人,"迪·达卜说,"只要你们乖乖照我说的做。"

八点三十分。

鲍伊透过百叶窗向外张望,那辆黑色V8现在停在那里,奇卡莫低着头，趴在方向盘上摊开的报纸上，嘴里叼着根火柴。那个印第安人。

伯杰先生和迪·达卜现在都在金库里。笼门"咔嗒咔嗒"地响了起来。鲍伊的脚趾在鞋子里扭动。把它装进去，迪·达卜，把它扔进去。等一下，奇卡莫……他想。

伯杰先生走了出来，然后是迪·达卜，他背上挂着鼓鼓的洗衣袋。

"准备好了吗？"迪·达卜说。

"准备好了。"鲍伊说。

"我们要带你们一起走，"迪·达卜说，"门外有辆福特，你们出去上车，给我记住，别去看任何人，因为如果你们这样做，很可能会害死他。"

有两个穿着条纹工作服的人，在街对面的装卸平台上工作，伯杰先生、比格斯塔夫小姐和亮亮坐到了后座，接着是鲍伊，他让亮亮躺在地上，迪·达卜和奇卡莫坐在前面。

他们走了，在一旁停车的一个年轻人瞪大了眼睛。那年轻人穿着一套棕褐色西装，戴着一副角质框架眼镜。

迪·达卜转过身来："你认识他？"

伯杰先生说："他是银行里工作的一个小伙子。"

汽车速度指示针一路飙升：经过糖果厂……轧棉厂……黑鬼镇。一个农民，高高地站在棉车上向他们致意，奇卡莫向他挥手回礼。

他们穿过铁轨，然后在笔直的土路上飞驰，向标志着公路的电线杆驶去。

比格斯塔夫小姐看着鲍伊说:"你打算怎么处置我们?"

"别担心,女士。"

"哥们,我已经尽我所能,能做的都做了。"伯杰先生说。

迪·达卜转过身来:"你们现在坐稳。你们做得很好,现在一切都很好。"

鲍伊看见奇卡莫咧嘴笑了,他也笑了。车速表指针在八十上抖动着。比格斯塔夫小姐似乎冷得发抖。

鲍伊抓住井架梯子的顶层,看到一辆汽车驶离了公路,车上的铝制反光镜像信号镜一样闪闪发光,驶上了这条路。他吹了一声口哨,下面的迪·达卜和奇卡莫赶紧拉起堆满钱币的采棉袋的四角。

但汽车只是掉了个头。鲍伊又吹了一声口哨,然后猛地摇了摇头。帆布又铺开了。

在黑色轿车里,伯杰先生、比格斯塔夫小姐和亮亮坐在那里,男人们的脚被铜丝绑着。三个小时以来,迪·达卜一直在数钞票,他把手指弄湿,还在继续。这是我见过的最漂亮的风景,鲍伊想。毫无疑问,没有之一。他把胳膊穿过梯子的横档,抓紧腰带。毫无疑问。

奇卡莫让鲍伊去放哨。

鲍伊走近时，迪·达卜咧嘴一笑。"鲍伊，这不是我第一次抢银行，但这次是最棒的。"

鲍伊说："我从没见过比从这里往下看更美的景色了。"

黑色轿车里，玻璃发出"嘎吱嘎吱"的响声，鲍伊看见比格斯塔夫小姐在说话。"去看看他们想要什么。"迪·达卜说。

鲍伊回来了，说："是那位女士，我猜她想去卫生间。"

"她不会逃跑的，让她去吧。"

"那个伯杰告诉我，我们这里的一万美元的证券对我们来说一文不值，但对他来说却意义重大。"

"他就是个该死的骗子。这里面有六万美元，他可以拿回去，它们对我们也没用。"

最后，大家数了数钱，分了分，每人得到两万两千六百七十五美元。

黄昏时分，奇卡莫和鲍伊把伯杰先生和亮亮绑在灌木上。然后奇卡莫沿着路一直往前走，消失在人们的视线中。不久他们就听到了如炮弹发射般的马达声，车朝山上和古谢顿公路驶去。

鲍伊开着那辆黑色轿车，迪·达卜和比格斯塔夫小姐坐在后面。"女士，我们只是要带你到几英里外的地方，"迪·达卜说，"之后你可以走回去，给你那两位绅士朋友松绑。"

在古谢顿公路上，鲍伊、迪·达卜和奇卡莫一起坐进枪灰色的汽车里,把那辆烧着了的黑车甩在了后面。

位于清水镇的房子是一座有八个房间的西班牙式建筑,带有一个庭院、一个可停放三辆车的车库。林荫大道上是一棵棵硕大的白杨树,上面歇满了麻雀。房子位于街道拐角,对面是一栋四层公寓楼。

鲍伊现在坐在客厅里,沉浸在富足感之中。那里有一台收音机,一张书桌,沙发和椅子上都铺着锦缎。粗糙的灰泥墙上,装着像烛台一样的灯。《忏悔录》和电影杂志散落在地板上,烟灰缸里满是沾了口红的烟头。厨房里,玛蒂、露拉和迪·达卜正在做饭,一股火腿和蛋的香味飘了出来。

奇卡莫走了进来,他头发蓬松,浑身散发着发油的香味,他扭头示意了一下房间。"对于三个星期前还没有锅也没窗户可以扔垃圾的那些穷小子们来说,这已经不错了,对吧?"

"不错,"鲍伊说,"小子,你跟一帮快乐朋友在一起了,对吗?"

"是啊。"

露拉过来了,迪·达卜跟在后面。她身材高挑,穿着棉质连衣裙,戴着一个蓝色脚镯。刮过毛的腿上满是抓痕,左手背上有一颗红心的刺青。

迪·达卜说:"露拉和我很配吧?"

他们坐在沙发上,迪·达卜用手搂住她的腰,抚摸着她肚子上的裙布。

"上次见时,她还只到我的膝盖,现在看看她。"

"他疯了。"露拉说。

"露拉,我想是你把他惹火了。"鲍伊说。

露拉拍掉迪·达卜的手,伸手从他衣兜里掏出一包香烟。她把烟递给鲍伊,然后再给奇卡莫。他们都摇了摇头。

迪·达卜给她拿了一根火柴。"是的,这个小姑娘很快就会为我文身的。"他向鲍伊眨了眨眼,然后又对奇卡莫眨了眨眼,"而且不会纹在她手上。"

露拉的鼻孔喷出一缕烟,她把香烟凑到烟灰缸上。"先生,我现在不敢那么肯定了,"她说,"如果要我在晚餐前去杂货店,你最好给我几个硬币,我现在好动身。"

玛蒂走了进来,她把一条抹布像围裙一样系在黑色丝绸裙子上。"你们几个过来吃饭吧。迪·达卜,露拉走了吗?"

"我们还是等她买回来再吃吧。"迪·达卜说。

"快点吧。"玛蒂说。

他们的刀叉在鸡蛋和火腿上刮来刮去。"难怪我兄弟会这么挤破脑袋地想出来吃这一口,玛蒂。"迪·达卜说。

"不是做饭就能让他出来的。"玛蒂说。

露拉回来了,她把报纸塞给迪·达卜。"头版头条都是。"她说,"到处都是。"

迪·达卜把盘子推到一边，摊开报纸，然后奇卡莫和鲍伊弯腰趴在他身上。

泽尔顿，9月28日——今天上午，三名武装匪徒实施了西得克萨斯历史上最大胆的银行劫案，他们抢劫了这里的州立担保银行，绑架了副行长A.T.伯杰和他的秘书阿尔玛·比格斯塔夫小姐，并携银行官员估计超过十万美元的现金和证券逃逸。

伯杰和比格斯塔夫小姐，以及同样被三人绑架的黑人银行杂务工泰德·菲利普斯，今晚八点，在距此二十一英里处被路过的汽车司机救起。比格斯塔夫小姐因当天的囚禁和受到的惊吓而一直处于歇斯底里的状态。

这伙劫匪行事老到，在今早银行开门之前就已进入了银行。银行员工在八点钟到达银行后无法进入，于是拉响了警报。银行记账员威廉·普莱森特在准备停车时，看到一辆黑色的、坐满人的轿车从银行侧门驶出。但直到后来他才意识到这辆轿车就是案犯们的工具。

在今天的劫案发生前不到一周的时间里，位于莫黑德的农民州立银行发生了一起价值三千美元的抢劫案。当地政府认为，这两起案件是同一伙人所为。

警察局长罗伯特·布莱克利今晚宣布,其中一名匪徒已被确认为俄克拉荷马州的一名逃犯。

"哦,哦,"迪·达卜说,"他们认出我了。"

"我不在乎他们认出的是谁,"奇卡莫说,"用不了多久,他们就能猜到谁和你在一起。"

鲍伊胃里的食物似乎在膨胀。

由两百多名警察和市民组成的队伍,全天在附近进行了地毯式搜索,但一无所获。今天上午,在商会召集的会议上,董事们批准悬赏一百美元捉拿该团伙的任何成员,无论死活。

"老兄们,现在我们怎么办?"奇卡莫问。

住在镇东边四英里处的农民塞勒斯报告说,今天早上八点后不久,一辆满载人员的汽车经过他身边,高速向东行驶。

据描述,匪徒是一名男子,衣着光鲜,三十岁左右。

比格斯塔夫小姐说:"如果不是伯杰先生的英勇行为,恐怕我们就不能活着说出这些事了。他们几乎每时每刻都在威胁我们的生命，伯杰先生表现得很冷静。"

上周，附近共发生了两起银行抢劫案，这是四年来该地区的首次银行抢劫案。上一次发生在距此西南四十英里的斯托克顿市，由臭名昭著的特劳勒团伙所为。去年12月，特劳勒在斯托克顿市企图越狱，杀死了一名狱警，随后被一群愤怒的民众绞死。

迪·达卜把报纸推到一边。"好了，老兄们，就是这个情况。"
"他们确实在头版登了很多，不是吗？"露拉说。
迪·达卜说："亲爱的，下次给我们带点好消息来。"
"我们先吃完饭吧。"奇卡莫说。
鲍伊躺在铺着象牙色床单的床上，柔软的丝绸床单和装饰着镜框的房间散发着女性气息，房间里还弥漫着香粉和盥洗水的芬芳。会查出我的，他想，我回到阿尔基肯定会暴露身份的。

在客厅里，露拉"咯咯"地笑了起来，接着，迪·达卜大笑起来。墨西哥边境广播电台的管弦乐队正在演奏《拉·戈兰德里纳》，背景是单纯的吉他弹奏。

鲍伊动了动,那把.45的手枪冰冷地抵着他裸露的大腿。暴露身份了，但又怎么样？你到底在抱怨什么呢？你床下已经攒了两万两千美元了。

第九章

在清水镇的第三天下午，奇卡莫喝得酩酊大醉，在房子里跌跌撞撞地走来走去，衣衫不整，大声嚷嚷着到底是谁藏了他的龙舌兰酒。玛蒂和露拉威胁要离开，迪·达卜脸色发白，鲍伊好说歹说终于把他带进了后面的卧室。"来吧，"他说，"睡一会儿。这对你有好处。"

"我不困，"奇卡莫说，"我喝醉了。我只喜欢做两件事，那就是爱情和喝酒，所以我在喝酒，你以为我离开阿尔基是为了什么？"

"奇卡莫，别那么大声。"

"你以为我离开阿尔基是为了什么？喝咖啡？看艺术杂志？"

"别激动，哥们。"

"好的，老兄，老兄，老兄。"

"你吓着她们了。"

"让那个老女人走。"

"奇卡莫，别乱说，振作一点。"

"乡巴佬在教我做事啊。鲍伊，你虽然是个大老粗，但该死的，你有点东西，不过我搞不懂到底是什么。鲍伊，你和我离开这里，去俄克拉荷马州。我们坐大巴去达拉斯，买辆帕卡德开开。你要和我一起去俄克拉荷马州，对吧，朋友？"

"我们以后再谈这个，你现在要做的是让自己睡一会儿，你必须振作起来。今天早上房地产商来这里清点库存，他四处张望；那个走到前门说他是人口普查员的人可能只是在窥探。也许这里会发生小冲突。"

"你会和我一起去俄克拉荷马州，对吧，朋友？"

"你先睡一会儿，我们再谈这件事，还有去墨西哥的事。"

"来吧，鲍伊，你不想去俄克拉荷马州看看我的小表妹吗？"

"她不想见我。"

"我的家乡离这里只有四十英里，我想去看望我的家人，鲍伊。"

"我倒希望迪伊能拿到三四百美元。"

奇卡莫抿了抿嘴唇，闭上了眼睛，呼吸时，鼻孔里发出呼啸声。鲍伊看了他一会儿，然后弯下腰，解开他的鞋子。奇卡莫突然睁开眼睛，说:"你知道我为什么想去俄克拉荷马州吗?"

"当然,去见见你的老爹老娘。你要我拿着枪,站在街角,确保别让任何人来打扰。"

"不止这些。"

"你想向你的家人们问好。"

"我的家人知道我担心什么,我得给他们钱,他们才能做到。我得拿钱给他们,我的乡亲们没有锅,房子也没有窗户,都穷得叮当响。鲍伊,我得给他们点钱,这样如果他们抓到我,他们就不会把我放在医学院的水箱里漂来漂去。如果你付不起殡仪馆的钱,他们就会这样对你,他们会把你扔进其中一个水箱,对你进行切割。"

"你一定是喝醉了,净说胡话。"

"该死的,我会把每一分钱都给他们的,我想被好好安葬。"

"我去给你拿条冷毛巾。"

"别离开我,朋友。"

迪·达卜进来了。他刚刚刮过胡子,脸上微微泛红,头发又白又软,像是用露拉醋洗过的梳子梳过似的。他摸了摸奇卡莫的额头,问:"奇卡莫,你感觉好些了吗?"

"迪·达卜,谁把龙舌兰酒藏起来了?"

"老兄,我不知道它在哪儿。"

"告诉那个老女人,让她拿出来。"

"你喝醉了,伙计,你最好开始安静下来。"迪·达卜说。

"迪·达卜,好你个老狐狸。"奇卡莫说。

玛蒂走了进来,拿出一本杂志,说:"也许这个能让他清醒一些。"

这是一本名为《真实侦探》的杂志,页面上全是他们的照片:俄克拉荷马逃犯,悬赏一百美元。

鲍伊摇摇头说:"他不看这些东西,把这该死的破杂志烧了吧。"

迪·达卜和玛蒂出去了。

"鲍伊,你要和我一起去俄克拉荷马州吗?"

"如果你现在去睡觉,我就去。我不是那个意思,不管怎样,我都会和你一起去的。"

"那我跟你一起去墨西哥,鲍伊。"

"这正合我意。"

鲍伊弯下腰,凑到床边,过了一会儿,奇卡莫睡着了。

鲍伊走到客厅,看见玛蒂和露拉站在门口,她们穿戴整齐,身边还放着行李。迪·达卜脸色苍白,面无血色,说:"姑娘们要去监狱看我兄弟,我送她们去火车站。"

鲍伊点点头。

"你们的朋友安静下来了吗?"玛蒂问。她穿一件短皮夹克,看起来就像衣服下面藏着一个包似的。

"他没事。"鲍伊说。

"我跟她们说了,他清醒的时候,没有比他更好的人了。"迪·达卜说。

"他没事。"鲍伊说。

"鲍伊,希望很快能再见到你。"露拉说。她的下巴上留有口红膏。

"再见。"鲍伊说。

迪·达卜和女孩们离开后,鲍伊回到卧室,看着奇卡莫。他大张着嘴,正打着呼噜。天色渐渐暗了下来,鲍伊走过去把百叶窗拉开了一点,然后他在梳妆台前的长凳上坐了下来。

我要跟他一块儿上那儿去,他想,反正我也没什么事可做,而且这地方的女人也太多了,我自己准备去墨西哥。如果这些家伙想抢古谢顿的银行,我就帮他们,但我自己准备离开这里。

奇卡莫喉咙里的呼吸声听起来就像松软的轮胎在漏气一样。墨西哥鹿、野火鸡、美洲狮和熊。.414的温彻斯特步枪最适合打鹿。熊?我到那儿后得好好想想怎么对付它。如果我在墨西哥,能拿到.22手枪,我就很满足了。而且,我只猎杀兔子,哥们,让我去那儿,我会徒步猎杀那些兔子。他想着。

前门有声响,鲍伊走到客厅,是迪·达卜回来了。他走过去,坐在沙发上,开始拍他大腿蓝色哔叽布上的一点点烟灰。"我真舍不得那个小姑娘走。"他说。"你会再见到她的。"鲍伊说。

"奇卡莫把事情都搞砸了。"迪·达卜说。

"你不能要求女人们只把钱花在刀刃上。爱她们,再离开她们,当你遇到一个体面人时,这样做是行不通的。不过,他就是个疯子。"

"这行不适合女孩,"鲍伊说,"他就是这个意思。"

"如果没有玛蒂,我们会在哪里?"

"我知道这一点,他也只是提个意见。"

迪·达卜说,如果鲍伊和奇卡莫去俄克拉荷马州,他可能会去休斯敦,让露拉跟他一起去加尔维斯顿或新奥尔良小游一趟。玛蒂会回来帮他们看管房子。他给了她两千美元,让她买辆车,好到处跑。

鲍伊说,那两千美元,他和奇卡莫也会出一部分。

远处,警报声响起,他们互相看了看,仔细听着。声音越来越近,接着他们听到了消防车"叮叮当当"的铃声,这才松了口气。

"鲍伊,我一直在想,凑齐像我们一样的三个人很难,哪怕凑齐,也不会像我们现在这样搭伙过日子。只要我们再坚持几个月,我们每个人就能有五万美元,到时候我们就可以金盆洗手了。"

"如果我们要抢古谢顿的银行,我赞成尽快做,然后一了百了。"

迪·达卜摇了摇头:"抢这些银行现在可是自找麻烦,看看前天那两个家伙的下场。"

"不过，如果你像他们那样杀了人，你的热度真要飙升了。"

"他们是印第安那州人。"

鲍伊开始用一根裂开的火柴挑指甲缝。

迪·达卜说："我想先攒下五万美元，投资一个大型财团，这样每月能得到两三百美元的回报，再找个像我们这样的小偷医生，让他把我的指纹磨掉，然后留一英尺长的胡子，回到肯塔基州那座小农场，干干农活，享受余生。"

"我不喜欢像这样被关在房子里，"鲍伊说，"但我又笨得像头骡子，不知道自己想要什么。"

"不管你是如何赚钱，你都要学会忍受，然后机会来临时就紧紧抓住。就拿飞行员来说，我有一个在军队的表哥，他写信给我哥，抱怨说他如何天天独自在天上飞，我打赌那家伙坚持不了多久。"

"我知道我现在已经深陷进去了，会像那个印第安人一样，在这条路上越走越远。无论输赢，能走多久就走多久吧。"

"我小时候犯过错，"迪·达卜说，他抬起腿，仔细地看着擦得锃亮的鞋头，"但小孩子看不透事情。我本该当律师、开商店或竞选公职，用我的大脑而不是枪支去抢劫别人，但我不适合每天只挣两三美元、还必须拍马屁的那种工作。"

"除了现在做的这个，我想我也做不了其他的，"鲍伊说，"该怎样就怎样吧。"

午夜刚过,奇卡莫在走廊里踢踏着脚步,然后走进亮着灯的房间,揉着鼻子,扭着脸问:"谁有烟?"

鲍伊递给他一支烟,奇卡莫走过去,坐在迪·达卜旁边的沙发上。烟在他手里颤抖着,他开始揉搓脚踝,最后他低下头,挠了挠左脚,问道:"现在几点了?"

"过十二点了。"鲍伊说。

"我在这里都干了些什么?"奇卡莫问,"我感觉糟透了。"

"你刚才喝得有点多,"迪·达卜说,"姑娘们走了。"

"她们走了吗?"

"她们去看我兄弟了。"

奇卡莫挠了挠另一只脚踝,然后又挠了挠手肘。

"我和鲍伊在谈正事。"迪·达卜说,"如果你们要去俄克拉荷马州,我们先把事情放一放怎么样?一个月后,我们再在古谢顿的那所房子里碰头,暂定11月15日怎样?"

奇卡莫手中的香烟掉了下来,他咕哝着,捡了起来。"我可以。"

"我加入。"鲍伊说。

"那就11月15日在古谢顿碰头。"迪·达卜说,"老弟们,如果我们在那里再干一票的话,那就是我的第三十一家银行了。"

第十章

早上天气很冷,白杨树的落叶在人行道上随风沙沙作响。鲍伊拎着奇卡莫的黑色格莱斯顿包和他自己的棕色包,把它们放在枪灰色汽车的后座上。

"到了达拉斯,我要给自己买件大衣。"

"很高兴知道你口袋里有足够的钱,能给自己买大衣和其他任何你可能需要的东西。"

"我当然有,那包里有七千美元,这件外套和这两条裤子的口袋里有一万美元,这辆车的后备厢里还有一千美元现金。"

奇卡莫用毯子裹着枪走了出来,然后是迪·达卜,他拿着一个黑色的格莱斯顿包，衣领翻到脖子上，走起路来活像他的骨头上了铰链似的，他说他的风湿犯了。

奇卡莫说："你需要来一粒止痛药。"

在市中心的圣达菲车站，迪·达卜下了车，敬了个礼，咧嘴笑了笑，继续往里走。他要去休斯敦。

在路上，鲍伊和奇卡莫谈到到达达拉斯后的打算。他们将入住最大的酒店，分别扮成来自科罗拉多州丹佛的棒球运动员 A.J. 皮博迪和弗兰克·马斯特斯。他们会在那里待上一整天，天黑之后，奇卡莫开车出发前往俄克拉荷马州。

鲍伊说："你最好别开太猛的大车，容易招人注目。"

"小子，你很懂行。如果我能弄到一辆红色轮子的绿色帕卡德牌汽车，还能吹响汽笛，他们就会盯着那辆车而不是你。"

"把这辆车送给迪伊之后，我再买一辆 V8 发动机的车。"鲍伊说。

酒店 814 号房间，里面铺着厚厚的地毯，现在只有鲍伊一个人待在里面，静悄悄的，就像一间浴室。他想，旅馆对一个人来说是最安全的地方。哪怕酒店的服务员自认为他看到了什么，他也不会喊一群警察来的。住酒店的人都不喜欢当面发作，而且一个人只要愿意一掷千金，就不会陷入麻烦。人们拿了你的钱就不会跑去大吵大闹。男人不会这样做的。他从大衣内侧的口袋里拿出一沓钞票，扔在了蓝色的台布上。"兄弟,帮我扔掉这些。"

洗完澡、刮完胡子后,鲍伊下楼坐在大厅里。周围每个人都西装笔挺,皮鞋锃亮,背心上还挂着表链。鲍伊想,他们不是那种小加油站里的印第安人,那些人除了嚼嚼烟草,看看那该死的《侦探杂志》以外,什么也不干。

过了一会儿,他走到街上,开始看商店橱窗里的商品。他对着镜子打量了一下自己的帽子,觉得帽檐太宽了,戴着像个牛仔。他走进街角的百货商店,买了一顶新帽子、一件双排扣蓝色大衣、两个手提包和一套粉蓝色束腰西装。我要让那个印第安人看看我的衣服,他想。

在珠宝店,他买了一块带链子的手表,然后又买了一块女式手表,表带上镶着六颗钻石。他想,那个小士兵,当我把这个递给她时,她肯定会喜出望外的。

他回到814号房间时,已经是中午了,但奇卡莫还没回来。

他试了试那套淡蓝色西装,太难看了,如果他穿着去见那个小士兵,她肯定会嘲笑他的。他想,我为什么要纠结那个女孩对我的看法?我只是想要在这儿闲逛逛瞎玩玩而已。老兄,除了你这个该死的小偷,她还有别的事要考虑呢。

现在是时候给妈妈寄钱了,五张百元大钞,一张酒店信纸,还有一个信封。要不是她有个没用的丈夫,我就会送她五千美元了,他会把每一分钱都拿走的。如果是她的第二任丈夫，那就没问题了，那是个好人，虽然笨，但我不介意帮他。

要给阿尔基的老吉姆和瑞德几美元。吉姆很喜欢喝甜牛奶，但在他们监狱，一夸脱牛奶要卖二十美分，而在城里花五分钱就能买到，还有老瑞德除了特制烟外什么都不抽。兄弟们，我会给你们的，我很快就会去邮局给你们寄钱的，每人一百。我会很快找个镇停下来，把这些大钞都换成二十元的，换下来足够装一个洗衣盆了。银行窗口，每次换个二三十张，很快我就能换好这些大钞了。

鲍伊脱掉鞋子，躺在床上。814，哦，八加一加四等于十三。噢，这没什么，想太多了。

墨西哥？兄弟，钱在那里可经用了。一美元换三个比索，那两万？天啊，刨除他买的车和他在这里的其他开销，还有四万五千比索。如果我再去古谢顿干一票？天哪，我简直要成为富翁了……

鲍伊醒来时，看到奇卡莫正站在他的头上方。"我还以为得给你一枪才能把你弄起来呢，老兄，你这样太容易对付了。"他身上一股酒味。

"现在几点了？"

"如果我们想在天黑后离开这里，最好现在就出发。"

鲍伊隐隐感觉要拉肚子。

奇卡莫在前面开着新奥本，他伸出手来示意，鲍伊放慢了车速，然后拐了个弯，停在了他旁边的三明治摊前。这是一个霓虹灯闪烁的地方，挂着啤酒招牌和一块写着三明治价格的字牌。一个穿着制服的女孩出来了，奇卡莫说他要十二瓶啤酒。

女孩回到摊位后，奇卡莫指着街上左拐角处挂着"汽油130"标志的加油站，说："我有一次去那个加油站，里面有个老家伙，我用眼角的余光注意到他装了一条木腿。他对我说：'孩子,这虽然不关我的事，但我确实认识你。'我对他说：'老兄，你认错人了。'他说：'你是埃尔莫·莫布里，但你离开这里后，我就当没见过你，也没见过像你这样的人。'"

"他真的认出你了，是吗？"

"当然，但我不能让他到处嚷嚷。他对我说：'孩子，我真希望你在银行倒闭之前，就把我的钱拿走了,我宁愿让你这样的穷小子拥有它，也不愿让那些该死的银行家们花我的钱。那两个银行家现在都出狱了，靠着从我和四五百号人身上偷来的钱，过着潇洒的日子。'"

"真是个实在人。"

"我给了他十美元，让他不用找了。偶尔我们也会遇到个实在人。"

女孩用麻袋装了啤酒回来，奇卡莫把它们放进车里。他对鲍伊说："如果你这么着急，我就让你带路离开这个小镇。小子，你最好一直踩着油门，不然我就撞上来。"

"好吧。"鲍伊答道。

鲍伊驶出林荫大道,向俄克拉荷马州公路驶去,汽车的后视镜反射出奇卡莫的车灯。我将在一个半小时后到达基奥塔,这辆越野车要被踩扁了。他想着,然后摸了摸左背心口袋里的小硬块,手表还在。他用力踩住油门。

一辆只有一个车灯的汽车从右侧驶近前方的交叉路口,那里有一个停车标志。鲍伊又踩了一脚油门,但另一辆车却直接冲过了停车标志。鲍伊迅速踩下刹车和离合器,猛地急转弯,但还是撞上了那辆车。那辆破车直冲鲍伊的头上而来,成吨的玻璃碎片将他埋了起来。他心想,这会给我带来麻烦的……

鲍伊被甩出了车门,从草地上缓缓爬起来,感觉就像慢镜头中的人物,草地就像镶了木头那样硬。他现在站了起来,背上感觉压了重物。那边是他的车,散热器塌陷在一根断裂的灯柱上,后面是一辆老式双门轿车,里面有人在呻吟,那个车灯还亮着。

影子般的人形朝鲍伊方向移动。"朋友,你受伤了吗?"一个影子说。"没有。"鲍伊说。

他向自己的车走去,像拖着犁一样拖着自己。我得去拿那些东西……我得去拿那些东西……他心想。

失事的双门跑车里是个女人:"天啊,哦,我的天,我的天……"

鲍伊走到车前，想用手抓车门把手，但双手像睡着了一样，身体跟跟跄跄。"快过来，上我的车，你这该死的笨蛋。"奇卡莫说。

此时，从某个地方传来了一种声音，就像一千条铁轨在高坡上以一档的速度奋力前行。这不是卡车的声音，鲍伊想，是警报声。他的手指摸索着右臀部的空隙。枪不见了。先生们，我就是这么倒霉。他穿过街道，经过晃动的一个个影子，拖着身体，朝奇卡莫的车走去。

他爬上前座，然后把袋子"砰砰"地扔到后面。其他的都见鬼去吧，奇卡莫。所有的人和狗都跟来了……

手电筒像射灯一样照在鲍伊的脸上。背后传来一个声音："哥们，你急什么？"

"我不着急。"鲍伊说。

"警官，我要带他去看医生。"奇卡莫说，另一个袋子也被"砰砰"地扔在后面，"他的伤很严重。"

"我伤得很重。"鲍伊说。手电筒"咔嗒"一声熄灭了，然后他看到了警官，凸出的下巴就像被舔过的猪肘一样，旁边站了一个戴着黑色帽子的人。

"哪里人？"警官问。

"丹佛，"奇卡莫说，"天啊，如果你们想问问题，就请到医院来问吧。"

"那辆车里有个女人受伤了，据我了解，你当时开得太快了，"警官说,"你先下车,跟我走。哥们,你也下车。"

"这次不行,朋友。"奇卡莫说。

另一名警官说:"听着,小子,这样你会进监狱的。"

"这次真不行,朋友……"皮鞋刮擦地面的摩擦声响起,紧接着似有千军万马的蹄声在鲍伊头顶上的铁皮车顶上轰鸣起来。枪!鲍伊把手伸向面板旁的小盒子,他想,我要丧命于此了。

就像收音机信号被突然切断一样,噪音消失了。然后汽车引擎发出飞机起飞般的轰鸣声,前方的街道上,黑影像棉尾兔般四散开来。

汽车在公路上风驰电掣,就像沸水倒在地上一样发出"嗤嗤"声。奇卡莫按下面板上的按钮,亮着灯的车速表在雾气中闪闪发光。奇卡莫又轻按了一下,仪表板又恢复了黑暗。"你一直在流血。"他说。

"我没事。"

"你要保持清醒。"

"这只是一场小打小闹。"

"如果他们想打,就让他们来吧。"

"我是被那辆只有一个车灯的破车害死的,它从那边直接冲过来,撞上我了。"

"我会把你留在迪伊家。后面他们肯定会通缉我们,我会让你下车,然后我上路,再烧了这辆车。"

103

"这是一场小意外。那辆该死的破车。"

"你伤得重吗?你血流如注!"

"我没事。"

他们绕过另一辆车的红色尾灯,然后又绕过另一辆车的双闪灯。

鲍伊想,我只是觉得恶心,仅此而已。以前妈妈给我理发时,我站着也会不舒服。那时她叫皮博迪,不,那是她的第一个男人的名字。现在的是木匠维恩斯。瞧,奇卡莫,这说明我已经清醒了。我的头脑清醒了,他叫维恩斯。鲍伊的背突然像被拧紧的扳手紧紧拧住一样,一阵剧痛袭来,他的腹部变得如洗衣板一样僵硬。

"怎么了?"奇卡莫说。

"我没事。"

奇卡莫把车开到迪伊·莫布里加油站的黑棚子下面,他下了车,消失在车后。让我躺下,鲍伊想,让我躺一个小时,我就能恢复了。

奇卡莫和迪伊一起回来了,当鲍伊出来时,他的腿就像煮熟的通心粉,直接跪了下来。"是不是很好笑?"他说。他们把他抬回了迪伊的"宿舍"。

"我把所有东西都放在床底下了。"奇卡莫说。

"谢谢你,奇卡莫。"鲍伊说。

奇卡莫的汽车引擎轰鸣着,他走了,然后迪伊·莫布里给鲍伊喝了一杯威士忌。这酒就像指甲一样抓着他的嘴和喉咙。

迪伊不停地坐下、起身,在房间里走来走去。最后,他问:"你伤得不严重吧?"

"不严重。"鲍伊答道。

"你觉得我留在这里有什么用吗?"

鲍伊摇摇头,说:"迪伊,一点用也没有。"

"我不知道你们惹了什么麻烦,"迪伊说,"但我在这里待着没什么用。如果不是因为缺钱,我也会尽快关门,在前门挂个牌子,然后去塔尔西。我会在这里放很多食物和水,你想住多久就住多久。"

"别担心钱。"

"鲍伊,我得担心。"

鲍伊给了他十张五十美元的钞票,说:"你最好让你的人不要到这里来。"

第十一章

　　黎明的曙光从紧闭的"宿舍"门缝和窗帘缝隙中钻进来，鲍伊冻得酸痛。迪伊·莫布里的那套冬季内衣像结痂一样挂在床柱上。我马上就起来，鲍伊想，我马上起来，把炉子点着。我很冷，我现在的问题就是冷。

　　他用舌头碰了碰松动的门牙，听到门牙在牙槽里吱吱作响。

　　一辆汽车"嘎吱嘎吱"地驶过弯道，雷鸣般的驶过加油站，然后伴随着一群鹌鹑起飞的声音消失了。

　　我要站起来，一是为了钱，二是为了证明。现在，当我数到"四"的时候，我就起来。但起来有什么用？我有的是时间，一是为了钱……

奇卡莫不会离开这里超过两天的，他可能今晚就会回来。一是为了钱……鲍伊混乱地想着。

这可能不是真的。他躺在这个地方，准备起身，也许这只是他的灵魂？他的真身回到了那条路上。不，那也是他的灵魂。他的真身已经在电椅上了。鲍伊心想，我像猫一样，有九条命。就是这样，其中一条在椅子上，一条在后面，还剩七条。如果我继续躺在这里的话，我就会发疯的。一是为了钱！

一辆车从加油站的棚子下面驶过来。

鲍伊坐了起来，右手伸向地板。老兄，你连枪都没有……门把手转动了一下，然后一个穿着红色毛衣、手无寸铁的人站在那里。是基奇。鲍伊的脸像是被包裹在玻璃纸面具里一样，如果他呼吸一下，皮肤就会噼啪作响。

她关上门，朝他走来。"你怎么了？"

她站在床边。"你怎么了？"

他摸了摸自己的嘴，说："我猜你已经看到我的嘴唇了，它们干裂得很厉害。"他吸了口气，"出了点意外。"

"伤到哪儿了吗？"

他摇了摇头。

"中枪了？"

"背上受了点伤。"

她走到煤油炉前,"啪"的一声点燃了一根火柴,点燃的灯芯溅起了火花。鲍伊又躺了下去。那盆水在炉子上咣当作响。

基奇的脸上,从颧骨到干瘦的唇角,出现了两道皱纹,她的眼睛是焦糖粉的颜色。"饿了吗?"她问。

他摇摇头。"你爸说他要去马斯科吉或别的什么地方。"

"嗯。"

"我猜他已经走了吧。"

"是的。"

"基奇,我想你最好还是小心点,别待在这儿。我遇到了点麻烦。"

"你看起来是的。"

湿热的毛巾融化了他脸上的脆皮,软化了他的嘴唇。她的手指抚摸着他的脸,他想舔舔它们。就让她留一会儿吧,就一会儿——

"我有钱,"他说,"我身上和床下的那个棕色包里都有钱,一共有一万九千美元。"

她直起身,双手捧着毛巾,看着他。

"我不该说这个。"

"如果这是你想要的,我很高兴你拿到了。"

"我不想说这个的,我想说的是,我觉得你最好还是别来了。"

"你需要帮助。"

"我只是想,我有这笔钱,也许你会想去旅行或者去什么地方,所有女孩都喜欢去旅行。"

"我不知道其他女孩喜欢做什么。"

"基奇,我刚才不是那个意思,别误会我。"

"就算是一条狗,我也愿意帮助它,"基奇说,"你自己翻个身,把衬衫拉起来,我在你背上涂点药膏。"

她中午就离开了,但很快就会回来。天黑后,她会带些药膏、香烟和漱口水回来。她会把福特汽车留下,自己走回去,然后告诉玛拉阿姨,她要离开镇子,晚上,她会在加油站过夜。

鲍伊躺在床上,背和头枕着被子和枕头。没事的,他想,我已经倒霉到底了,两三天之后一切都会好起来。

床上的棉质内衣看起来像一只死兔子的皮。鲍伊站起身,从窗台上拿起那把生锈的锉刀,把那件衣服挑到地板上,然后,把它踢到床下。

第十二章

他们的勺子在花生酱杯中叮当作响，杯中是煮软的鸡蛋和碎饼干。基奇坐在床脚，油炉锯齿状的顶端散发着金色的光芒，照着她的脸庞。

鲍伊说："你该吃点东西了，我从来没听说过有人像你这样，什么都不吃，而且每晚只睡两三个小时，我从来没听说过。"

"我已经三个晚上没睡觉了，但这并不影响我，我一直都这样。"

"自从上次见你后，你瘦了些，小姑娘，你最好从现在开始多睡觉，多吃点东西。我晚上必须睡足八到十个小时，否则我就会发疯。"

他们的勺子在空杯子里刮来刮去，他们笑了。

"基奇，你就没想过离开这个小镇吗？"鲍伊说。

"想。"她站起身,从他手里接过杯子,和自己的酒杯一起放在桌上,然后回来坐下,声音柔和得就像煤油炉上暗淡的黄铜反射出的光。

她说,有一次,一对老夫妇开车来到加油站,她和他们熟识了。男的瘫痪了,他们为了他的健康而周游全国。他们给她寄明信片,说邀请她去和他们一起住,她本来很想去,但后来明信片就没再寄来。终于有一天,她又收到了那女人寄来的明信片,上面说男人已经去世了。

"一个女孩生活不容易,要是她没有——"

"没有什么?"

"妈妈。"

基奇摇摇头,说:"这得看是什么样的妈妈了。"

"要是我没有妈妈,我真不知道该怎么办,她从来没有因为什么事骂过我。"

"我姑妈说,我妈是我爸酗酒的罪魁祸首,但我觉得这之间没有联系。他不好,也许她也不好,说实话,我也看不出她比他好多少。"

外面响起了类似得克萨斯城的警笛声,鲍伊浑身一僵。

"怎么了?"基奇说,她站了起来。

只是公路上电话线上的风声。"没事。"鲍伊说。

"你的背疼了?"

他摇摇头,说:"这世界真够疯狂的,对吗,基奇?"

"是啊。"

"基奇,你男朋友是谁?"

"你为什么问这个?"

"我只是觉得应该问一下。"

"为什么?"

"这虽然不关我的事,但大多数女孩都有男朋友,我只是问问。"

"我不知道大多数女孩有什么。"

"基奇,你不喜欢男人,是吗?"

"他们和我见过的那些女人一样啊。"

"我觉得你有点瞧不起人。"

"我不知道。"

"你从来没交过男朋友吗?"

"没有啊。"

"哪怕只是一起去教堂或类似的地方的男朋友?"

"没有。你觉得我应该有吗?"

"哦,不,我只是问问。那是你自己的事。"

"我从来没想过男朋友有什么用。"基奇伸出手,拿起窗台上的那包香烟。马球衫下的胸脯抖动了一下。

"我也来一根,"鲍伊说,"我不知道那个奇卡莫发生了什么事,可能他正在看望他的家人。"

"如果他离你远点，你们会相处得更好。"

"噢，基奇，你冤枉你亲戚了。"

"我没有亲戚。"

"你就是个小士兵，就是这样。"

"你为什么这么叫我？"

"因为你就是啊。你说对不对？"

"是的。"

她走到桌边，拿起花岗岩咖啡壶，往里面看了看。

"基奇。"

她转过身，手里拿着咖啡壶。

"自从我来到这里，我一直想送你一样东西，现在我想把它送给你。"

"是什么？"

"一块旧手表。"

她把壶放回桌子上。

"你想要吗？"

"你想把它给我吗？"

"是的。"

"是的，我想要。"

第十三章

第四天晚上，奇卡莫回来了，脸色如火腿皮，眼睛像一条得了瘟疫的病狗。鲍伊的头在脖子上抖动了一下，又叫了一声，但基奇没跟奇卡莫说话就离开了。

"你看起来还不错。"奇卡莫说。

"我很好。"

"嗯，我过得不太好。我把所有钱都花光了。"

"天哪，奇卡莫，到底出了什么事？"

奇卡莫说他的钱都在塔尔萨的一家酒店赌博时输掉了。不过他有一辆新车和几把枪，还有一支冲锋枪，天哪，他现在有个喜欢的人，而且他随时都想跟人打一架。

"你没去见你家人吗？"

奇卡莫摇摇头，开始拔鼻孔里的毛。"鲍伊，我现在正在被通缉，我不想出现在他们身边。"

"奇卡莫，你没破产，看，我还有钱，你要多少尽管拿。"

"我迫不及待地渴望和迪·达卜一起再干一票，你想一起去吗？"

"我想我现在就可以走了。"

"不，我现在不会让你去的。如果你给我五千，我就过去看望一下家人。六千吧。你肯吗？"

"好的，哥们。"

"鲍伊，我白白扔掉了这么多钱，你知道我喜欢打扑克。他们只是带我去洗牌。我仔细想了想，真是难以置信，这里面肯定有猫腻。"

"那些赌徒都是小偷，你最好离他们远点。"

"我想你肯定读过报纸了吧？"

"没有，我什么也没看。"

"是吗？"

"我一直躺在这里。你是说得克萨科城的事？"

"兄弟，我们成名了。"

"那些警察？"

"小子,我们现在比枪管还热。"

一阵抓挠声传来,鲍伊满怀期待地看向紧闭的房门,但门并没有打开。原来是山核桃树碰到了"宿舍"。

奇卡莫离开"宿舍",很快又回来了。鲍伊把那个棕色袋子放在床上,正在从里面拿钱。奇卡莫把两把.45的手枪放在床上。

"看到这些枪真高兴。"鲍伊说。

"谢谢你借我钱,"奇卡莫说,"鲍伊,我一直在想,你不乱花钱,也不酗酒。你虽然只是个乡下大男孩,但我相信你会成功的。你有过人之处,只是我说不上来。"

"这个过人之处,在得克萨科城,没显示出来啊。"

"我想我得走了。如果我被抓了,几天内回不来,或者你不得不从这里逃走的话,我们就在古谢顿见吧,我们不能让老迪·达卜失望。"

"奇卡莫,小心点,别那么急躁。"

"那么,如果过几天我不来这里见你,我们就在古谢顿见?"

"墨西哥人说好怎么说?"鲍伊问。

"'Sta bien。"奇卡莫说。

"'Sta bien,"鲍伊说,"兄弟,我确实想找个机会去那里看看。一个人不能总是这样生活,对吧,奇卡莫,你知道的。"

"我们会去那里的,别担心。"

第十四章

　　清晨，阴影爬进灰色的房间。鲍伊独自躺在床上，他想起了那第一个警察，他那猪一样的下巴；那令人窒息的碰撞和破碎的玻璃；电椅、灵魂和一猫九命。山核桃树的树枝划破了屋顶，基奇再也不会来了，他想。老天爷啊，老兄，快醒醒吧。但最后她还是来了，然后他所有的想法都从他那该死的脑袋里消失了。

　　傍晚的暮色中，油光闪闪的花生酱散发着幽幽蓝光。鲍伊看着基奇，她手上翻飞的布料就像被风吹起的裙子，他盯着她那高耸的胸部。今晚，她涂了口红，看她的嘴唇就如同透过钥匙孔偷窥她不穿衣服的样子。

她把椅背上晾干了的布拉直,然后拿起煤油罐。"我今晚把你的暖气加满。"她说。

"你应该穿件外套。"他说。

当她不在的时候,他计划着早上醒来后要做什么。直到早上,他才看了她给他的周日报纸,但他只看那些有趣的页面和漫画。

基奇回来了,往炉子里添了柴,走到床边说:"希望你能睡个好觉。"

他用手拨弄着衬衫领尖,说:"我真不想你走。"

"是吗?"

"我想我今晚心情有点儿不好。"

"我在这里已经做了所有能做的事,但我不着急。如果你想让我留下来……"

"如果你不着急,就多待一会儿吧。"

她弯下腰,凑近床沿,跷起二郎腿。此时,外面的树发出如绵绵细雨般温柔的声音。

他说:"我不喜欢往回看,我试着只去想未来可能会发生的好事。但我想我知道会发生什么。"

"不,鲍伊,你最害怕的事情永远不会发生。在很多方面,我都比你知道的多。"

"基奇,我从来没有见过像你这样的人,我现在知道为什么有人想娶小娇妻了。"

"你是说？"

"是的。"

她动了动，他伸出手说："别走。"

"我不走。"

"我的耳朵嗡嗡作响。"他说。

她弯下腰，抚摸着他的脸。他一把抓住她，把她拉到自己身边。"别走，别走。"他说。

"鲍伊，我不走。"

他体内涌起一股力量。他想，我能一手握住她小小的身体，一手就能把它捏碎。她紧闭的嘴唇渐渐放松了，变得柔软，然后她的身体和她的呼吸一样变得赤裸裸的……

炉子上方煎锅里的熏肉发出"噼啪"声，接着"砰"的一声，基奇猛地往后一躲，转过身来，冲鲍伊笑了笑。

"小姑娘，你最好小心点。"他说。她看起来确实不一样了，他之前怎么会觉得她不漂亮呢？她脸上的那些皱纹呢，它们在哪里？那张小嘴又软又漂亮。

"不知道你能不能抽空过来给你的老爹一个吻？"他说。

她走过去，手里拿着叉子，弯下腰。

"你一点毛病都没有。"她说。他吻了她,说:"我感觉好极了,我一直在想,在吃东西之前,先起来跑半英里。"

"你就待在那儿。你想要吃什么样的鸡蛋?"

"随便。"

"你想怎么吃?"

"随便,亲爱的。简单点,如果你没什么事,把那边的报纸递给我。"

她把报纸递给他,他指着窗边四分五裂的地板上的三道阳光。"看,我相信今天会有太阳。"

"昨晚我看到星星了,当时我就想今天可能会是晴天。"

他开始翻阅,然后,他看见了一样东西,像鱼钩一样,牢牢地抓住了他的眼睛。

得克萨斯州得克萨科市,10月6日——得克萨科市探长穆瑟今天透露,在上周,杀害平克洛特斯人维克·雷德福德和杰克·哈德曼的凶手弃车而逃,但他们在撞毁的新车方向盘上发现了指纹,这能有助于确定凶手的身份。同时,穆瑟探长透露,他的探员在附近找到一把左轮手枪。

雷德福德和哈德曼都是经验丰富的治安官,他们因调查一起车祸在埃克特大道的一场枪战中被无情杀害。一名妇女在两车碰撞中受轻伤。

"你今天早上很饿吗？"基奇问。

纸张的白色像在公路上闪闪发光的热气一样，鲍伊赶紧把眼睛移开。"你说什么？"

"怎么了，鲍伊？"

"没什么，没什么，我只是在看报纸。"

"你看到了什么？"

"就是这个。"

　　此前被捕的六名涉案嫌疑人已被释放，其中两人仍在接受审问。

　　据报道，凶手遗弃的汽车是在得克萨斯州埃尔帕索购买的。据目击者称，枪击后，车上有三到四名男子，他们迅速逃离。一名目击者称，他看到歹徒的汽车里有一名妇女。

　　昨晚，警方为两名遇害警官的遗孀举办了一场慈善活动，共筹得三百二十美元。

鲍伊从基奇手中接过装有鸡蛋和培根的热盘子，放在自己的腿上。

过了一会儿,他把叉子插进蛋黄里。

"怎么了,鲍伊?"她坐在床边,把盘子放在膝盖上。

"基奇,我不想瞒着你什么,我惹了大麻烦。跟我之前来这儿的时候相比,麻烦更大了,我想让你知道这一点。"

"什么事?"

"我犯了事,两名警察被杀了。"

基奇把盘子放在地上。

"你看,我现在已经惹上大麻烦了。"

"是你杀的吗?"

"那两名警察?"

"是的。"

鲍伊点点头。

"你没有,你不能这样说。我知道是谁干的,是奇卡莫,你什么也瞒不了我。"她紧紧抓着他的裤脚,"是他干的。"

"谁干的都一样,你错怪奇卡莫了,要不是他,我现在也不会坐在这里。"

"不是你干的,鲍伊。"

"我只能告诉你真相,我又背了两条命,没办法。"

基奇站起身来,盘子掉到地板上,"咣当"一声碎了。她低头看着盘子，一时间嘴角扭曲，都快要哭了。

鲍伊拿起了他的盘子说："没事。我们可以分着吃。"

基奇捡起盘子碎片和洒落的食物，桌上的是鲍伊还没有动过的食物。

"我就直说了吧，基奇。我为我在这个世界上做的事感到抱歉，我小时候被他们用椅子砸的时候不算。但我对这些银行中的任何一家都不感觉愧疚。我唯一的遗憾就是我没有得到十万美元，而是只有几千美元。我就是一匹害群之马，这是不能否认的。"

"你唯一黑的地方就是你的头发。"基奇说。

"你是个小战士，基奇。从头到脚，你都是个小战士，但你不能和我混在一起。"

基奇的脸扭曲了，好像他挥拳打了她似的。他抓住她的胳膊说："基奇，怎么了？"她摇了摇头。

他把她拉到身旁。"怎么了，亲爱的？""昨晚你不是那个意思吗？""什么意思？""鲍伊，你知道你说过什么。"

"亲爱的，我现在想不起来了，到底是什么，亲爱的？你快说吧。"

"你说你希望有我。"

"我的天哪，当然了，亲爱的。"

"那你是什么意思？别跟你混得太熟了？"

"你还不明白吗？当一个人被指控有罪，而且报纸上全是这些通缉公告，他们就会枪毙你，他们宁愿枪毙一个跟他在一起的无辜女人，也不会放过她。"

"你是这个意思吗？"

"你现在明白了吗，亲爱的？"

"鲍伊，还有别人喜欢你吗？还有谁？"她挣脱了他的手。

"什么意思？"

"你还有其他人吗？别的女人？"

"哦，不，亲爱的。上帝啊，没有。"

"我只是想知道。"

"你怎么会问这样的问题？"

"我陷得挺深的，所以我想知道。"

鲍伊靠着枕头躺下。"基奇，过来在我身边躺一会儿。"

她躺在他身边。

"基奇，你喜欢我吗？"

"是的。"

"非常喜欢？"

"是的。"

"你对我的爱有多深？满满一百升？"

"对。"

"那比一千升多吗?"

"没错。"

"你爱我,不止千千万万遍?"

"正是如此。"

"基奇,我爱你。"她的指甲深深地掐进他的喉咙。

加油站里传来了声响,基奇起床,穿过黑暗的房间走到门口,鲍伊穿着内衣跟在后面,右手拿着.45的手枪。基奇小心翼翼地打开门缝,向外张望。过了一会儿,她轻轻地关上门,鲍伊退后一步。"是我姑妈,她偷了些杂货。"

两人都没了睡意。他们躺在床上,两个头枕在一个枕头上。"你知道吗,基奇,我在想,我不能再这样下去了。我来这里已经八天了,迪伊很快就要回来了,现在这样下去可不行。"

"你有什么想法吗?"

"你想和我一起去什么地方吗?"

"你想让我去?"

"你明明知道,我是要你去的。"

"你有什么想法?"

"我想去大城市,基奇。我是说新奥尔良或路易斯维尔。老迪·达卜总是谈论这些地方。在大城市里,人们不会那么好奇地盯着你,如果你保持清白,你可以想待多久就待多久。"

"我想是的。"

"我只是不知道奇卡莫发生了什么事。不过,那个印第安人能照顾好自己,他可能正在和他家人好好在一起。"

"我们不跟他们在一起,是吗?马斯菲尔德先生和他的家人们?"

"不,亲爱的。不是说你。我是说,不住在一起。"

"鲍伊,我也一直在想。我脑子里想的是以前住我姑妈隔壁的一些人告诉我的情况。卡彭特先生和他的妻子有一个和我同龄的女儿,名叫艾格尼丝。卡彭特先生患有肺结核,他们搬到了得克萨斯州,几乎到了瓜德罗普山边境。艾格尼丝信里说他们住在山里,有时多达两个月都不去镇上。艾格尼丝说,他们唯一见过的人是一些墨西哥牧羊人,然后是一些像卡彭特先生这样的病人。她说那些人都是寻求治病的人。"

"靠近墨西哥?"

"鲍伊,我不明白为什么我们不能去这样的地方,只为自己而活,很快人们就会忘记鲍伊·鲍尔斯,最后剩下的也就只有真正的鲍伊·鲍尔斯了。"

"我倒没想过这个。不过,基奇,那些小镇很烦人的,每个人都想打听别人的事。"

"我们不会待在镇上,我们会离得远远的,不见任何人。"

"我倒没想到这一点。"

"我想去那样的地方。"

"我们有钱这么做。钱就在床下,还有我的裤子和外套里。"

"我认为这是最好的办法,远离你认识的每个人。"

"基奇,你和我怎么才能离开这个地方,没车没啥的?"

"我们能搞定。"

"这里晚上有火车会停靠吗?"

"有两点到塔尔西的火车。"

"我们可以搭那趟火车。你可以走在我前面一点儿,买两张票,我就在附近晃悠,时不时给对方使个眼色,然后我们就坐在火车上不同的座位上——"

"我们在火车上坐在一起。"

"当然,我们可以一起坐火车,然后我们坐到塔尔西,我们买一辆新的V8,然后我们就可以去瓜德罗普山了。那地方在哪里,基奇?"

"我在地图上看过上百次。艾格尼丝给我写信的时候,我就想过去看看。艾格尼丝说,那里有鹿、野火鸡、松鼠和其他各种动物。"

"我能直接把鹿撞倒。我会买一把 .30-30 或 .415 的温彻斯特手枪,然后你和我就会吃到鹿肉了。基奇,你只要让我过去,我甚至不需要枪,给我一块石头就行。"

"如果我们去那里,你和我会被认为是肺结核患者。也许我们俩最好都染上。在租小屋或别的什么的时候,我们得坦白我们是患者。"

"我会是世界上身体最健康的结核病患者。"

"我们就该这么做,你需要忘记所有你认识的人。"

"亲爱的,你得上塔尔西买些衣服,买件皮大衣怎么样?好配我给你的那块手表?"

"这个以后再说。"

"我要给你买一橱窗的衣服。你想要什么都可以,你只要说得出名字。"

"我们看起来不能像百万富翁,我们要装成病人。"

"你可以买些东西。你喜欢马靴和裤子吗,基奇?噢,我不知道我是否想看你穿裤子,你平时只穿裙子,再买些丝绸小玩意。"

"我们得弄几个热水瓶,装满苏打汽水,再弄些毯子和太阳镜,外加一两罐汽油,这样我们就不会热了。"

"你觉得我们什么时候出发?"

"现在几点了?"

"十二点吧。"

"我们能赶到。只要两个小时。亲爱的,我们出发吧。"

"就今晚吗,鲍伊?"

"对，就今晚。亲爱的，我们有钱做这件事，还有两万美元，我说的是一万四千美元。这可是一大笔钱，基奇。你想怎么花都行，基奇。但上帝啊，它会暴露我们的。"

"我想是的，"基奇说，"那我们开始穿衣服吧。"

第十五章

即使是到了山麓地带，也依然有豆科灌木丛林，但现在平原已经远远落在身后了。在这里，西班牙橡树和雪松随处可见，傍晚时分，鼠尾草泛着淡淡的紫色。远处，绵延起伏的群山点缀着地平线，群山之上，天空划过一道道白色的尖锐的线条，仿佛雨水已经结晶，只等一道闪电将其释放。

基奇在开车，鲍伊坐在座位上，双手深深地插在口袋里。她开车就像奇卡莫一样，左手扶着横杆，右手握着方向盘，在弯道上如入无人之境。鲍伊左臂下的皮套里有一把 .45 的手枪，仪表盘下的储物盒里还有一把。后面有四条毯子、一壶热咖啡、一袋三明治和四盒烟。

基奇穿着两美元一双的长袜和十美元一双的鞋子,还有那件军用大衣。没买到毛皮大衣是她自己的错,但她穿上那件大衣就像个真正的小战士,对她,他弃械投降,她把那顶棕色小帽子歪扣在眼睛上……

沿路而下,越过弯道标志,水泥路消失在石滩周围。直走,是低矮的白色栅栏、空旷的大地和湛蓝的天空。如果他们继续直走,进入那片天地,会怎么样?他们会像飞机一样,直接飞过那个山谷?但汽车不会飞。如果他们被抓了呢?那只能说明他和基奇运气不好。但如果他们成功了呢?那就意味着好运将会跟他们长期相伴……

车轮在弯道上顽强地行驶着,现在又驶上了一条长长的直道,没有什么能阻止我们,小战士。

"给我点根烟,鲍伊。"

"好的,夫人。"

白色的奶牛棚镶着绿色的边,屋顶上盘旋着白色和黑色的鸽子。房子的门廊上躺着一条大狗,它的爪子垂在门廊边上。路边有一辆旧轿车,那细轮子不住地摇晃,车顶破破烂烂,挂满了彩旗。

"那些破车,"鲍伊说,"比路上的任何东西都更容易出事故。基奇,贫穷不是罪过,但应该立法禁止让这样的车开上公路。"

他们经过一所校舍,两个加油站。在一家杂货店的门廊上,坐着两个男人,他们正弯腰在棋盘上下棋。公路牌上的黑字写着:圣安东尼奥186号。

沿着公路再行驶三十英里,他们向西拐弯进入一条土路,再沿着这条路走一百英里,他们就到了那些小山城,安特洛普购物中心和阿巴克尔。在那里,他们开始找房子。

左边是一片墓地,竖着六块低矮的墓碑,然后是一栋未粉刷过的箱式房。在更远一些的地方,一扇木门前有两头牛驮着满满的袋子在等待。

"鲍伊,你了解奶牛吗?它们会生双胞胎吗?"

"你问倒我了。"

"我只是想知道。"

"在我看来,它们是可以的。加拿大的女人能做到,在我看来,一头牛也可以做到。"

"那些牛让我想到了这个问题。"

"加拿大的那个女人可以,基奇,这表明在这个疯狂世界里没有什么是不可能的,不是吗?"

"的确如此。"

"我刚才还在想,你说我们在做什么?治病?如果我们真的得了肺结核呢?我不知道,但我宁愿被通缉,也不想得那种东西,你不觉得吗?"

"我想说我愿意。"

鲍伊选择了一个有灰泥墙面的加油站,基奇把车开上弯弯曲曲的车道。车棚下还有一辆车,一个女人在启动车子,当他们停下来时,那辆车就开走了。鲍伊想,下次加油时,我们就能有个家了。再走五十英里,他们就会到阿巴克尔镇了。

穿皮夹克的加油站服务员问:"先生,加多少?"

"把油箱加满,再帮我加几罐。"

基奇走进洗手间,鲍伊走到可口可乐箱前,掀开盖子。听到摩托车排气的声音,他转过身去,看到有两辆摩托车停了下来,两名警察正朝这边走来。

警察朝可口可乐箱子走来,鲍伊走上前去。那个高个子警察皮肤黝黑,像马鞍皮一样,矮个子警察嘴唇干裂,满嘴是皮。他们穿着灰色制服,腰间系着武装带。两人的手枪都是珍珠柄的。

"喝什么?"高个子警察问。

"可乐。"矮个子警察回答。

他们的嘴唇碰到瓶口,发出喝水的声音。

"买了辆新车吗?"高个子警察问。

"是啊,"鲍伊说,"不过那辆摩托车能超过它,不是吗?"

"肯定能跑赢那辆车的。"

"我想,那摩托车肯定能追上路上任何的车,对吧?"

"先生,你可别这么想,"矮个子警察说,"外面有很多我追不上的人。"

"有时倒是可以在交通堵塞时把他们堵在路上。"高个子警察说。

"我想我的那辆摩托车能开到九十迈。"

矮个子警察说:"如果还有谁的车跑得比这快,我就替他们检查检查。"

基奇走到拐角处,停住脚步,然后开始用手抚平她臀部的裙子。鲍伊给她使了个眼色,她上了车,钻进驾驶室。

"就这些吗,先生?"服务员说。

鲍伊付了钱。

他们开车离开,鲍伊转过身,伸手去拿后座上的东西,看见高个子警察和矮个子警察还坐在可口可乐箱上。

"好家伙,你连眼睛都没眨一下。"

"你跟他们说了些什么?"

"鬼知道。"

"你好像想跟他们交朋友。"

"他们认不出我的,基奇,全国都是这样。他们怎么会认识你呢?就看照片,能看出啥?"

"换成是我,我会离他们远远的。"

"当他们开进那个加油站时,我对自己说:小战争要开始了。"

"你最好往后面看看。"

鲍伊回头看了看,路上空荡荡的。"亲爱的,没有车跟上来。"

"鲍伊,我想我最好还是把那把手枪放口袋里。"

"亲爱的,别用那把大枪,那东西你拿不住。不过,我很快就会给你买把小枪。每个女人都应该有一把枪,我会给你弄一把的,总有一些混蛋想对女人耍花招。"

"我不怕那把枪。"

"你以前用过.45的手枪吗?"

"没有,但我握力很强。我能把学校里任何女孩的核桃都捏碎。你记得那个游戏吗?我总能赢。"

"记得,我记得那游戏。我们叫它什么来着?"

"一路狂飙。"

"对,就是它。基奇,这正好说明一个人不必总是生活在阴影里。我打赌,我可以直接去阿巴克尔镇问律师,问他是否知道有带家具的房子,我打赌他不会认出我来。"

"我会去问房子的事,我会去房地产办公室问的。"

"你打算告诉他们我们是肺病患者吗?"

"这就是我们现在来这里的原因啊,鲍伊,你要记住这一点。"

鲍伊咳嗽了一声,拍了拍胸脯说:"这毛病让我觉得很不舒服。小患者,你现在身体觉得怎么样?"

"老人家,您会好起来的。"

一个女房产中介告诉基奇,阿巴克尔小镇及其附近没有带家具的房子,但她说,再往西四十英里,有一座老疗养院的小屋正在改建,供游客、病人和猎鹿者使用。鲍伊和基奇去了安特洛普中心。

他们到达离安特洛普中心以西两英里处的碎石公路时,已近中午,穿过拱门,开始爬上狭窄、高耸的道路,经过雪松和霜褐色的橡树后,他们看到山边有一幢灰色的大房子矗立在那里。

"像个监狱。"鲍伊说。

"先看看再说。"基奇说。

这是一座封闭的建筑,以前是一个医院,墙上水泥的颜色像枯死的扫帚草。透过布满灰尘的窗户,可以看到成堆的空空的床铺和床垫。在它的后面和东面,一排排灰泥小屋把它围起来,就像木匠的三方围栏。小屋有玻璃房和石烟囱,入口处的木板上刻着几个字:来客栈……适合我们……旅行客栈……贝拉维斯塔。

在广场V形拐角处的小屋前,一个正在耙草的人停下手头的活,身体靠在耙柄上,看着他们的车。基奇下车后,他放下耙子,朝他们走来。

那人穿着卡其军装衬衫,白色布腰带系着笔挺的蓝色哔叽裤子。他是个中年人,牙齿残缺,牙上沾满了烟渍。他是这里的管理员,管理着几间小屋。他刚刚修好另一间小屋,每月租金十二美元五十美分,包括水电费。那栋房子是那头的最后一栋房子。他住在拐角的那栋房子里,下方住着一位学校老师,旁边是一位汽车销售员和他妻子,他们有两个孩子。住在这里的就这些人,他们都是很好的人,他还没来得及修更多的小屋。

"亲爱的,你想看看吗?"基奇说。

"好啊,我早就想见识一下了。"

"带你们去老师的房子那边看看吧,"管理员说,"他从西尔斯罗巴克公司买了个电炉,做饭可香了。"

鲍伊下了车。

管理员伸出手来:"年轻人,我叫兰伯特,老比尔·兰伯特。离开圣安东尼奥三十五年了,一直做皮革制品、马鞍、马具和挽具等。一年前,我的肺出了问题,但来这里后,发现这里的空气很适合我。你是做什么的?"

鲍伊把手从对方手中抽出来,说:"我以前打球,但现在是个病人。"

"小伙子,你来对地方了,在美国没有比这里更健康的地方了。你是打球的吧?太好了,我们这里有一个老师,一个销售员,现在又来了个打球的。那边那个销售员以前可是很有钱的，他在安特洛普镇有自己的生意，但就像我们一样，后来生意破产了。起初，他的妻子不太喜欢这里，因为她习惯开车和买奢侈品，但现在她很喜欢这里。你太太也会喜欢的。"

"这里应该很安静吧？"鲍伊问。

"你不会感觉寂寞的。现在那个销售员买了一台收音机，这里的每个人都很好。"

"这里以前也住着很多人吧？"

"我不了解这个地方的历史。我想这些都是在战后不久才建的，之后逐渐衰败，有一段时间这里变成了一个旅游营地。我最好还是先告诉你们，因为我不是那种有所保留的人。这个地方在安特洛普的居民中名声很差，因为几年前这里有一些私酒贩子跑来举行狂欢派对。但现在已经不是这样了，小伙子。现在，你的妻子在这里和在世界上其他任何地方一样安全。"

"他得待在安静一点的地方，"基奇说，"我们去看看那地方吧。"

那些农舍都关着门，比尔·兰伯特紧挨着农舍边的狭窄人行道走，一边说一边吐着痰：“现在，这地方还不算好，不过我会按照你的要求把它修好。首先，我会在厨房里给你们铺上油毡，如果你们有客人来，需要额外的床，请随时告诉我。"

他在最后一间小屋"迎宾客栈"前停了下来。他打开纱窗,把钥匙插进孔里。他们走进里面,脚下的木地板发出"吱吱"的响声。前厅里有一个熏黑的空石壁炉和一张铁制的军用小床,上面铺着一条发黄的床单。还有两把皮面摇椅和一张摇摇晃晃的早餐桌。在有窗户的卧室里,有一张宽大的铁床、一个巨大的梳妆台和一面模糊的镜子,还有两把直背餐椅。厨房里,有一个油渍斑斑的三眼炉子、一个水槽和一张搪瓷面的桌子。浴室里有一个淋浴器,马桶盖裂开了,有一部分掉在水泥地上。

"这里需要一些强碱肥皂、拖把和白漆,"基奇说,"亲爱的,你觉得呢?"

鲍伊咧嘴一笑:"你不觉得这价格会让我们破产吗?"

"先生,我告诉你,"比尔·兰伯特说,"小伙子,你说你叫什么名字?"

"维恩斯,维-恩-斯。"

"好吧,维恩斯先生,我跟你说,这是我所能做的最好的了。这里有很多百万富翁,你知道他们是什么样的。我一直在努力修缮这些地方,以此来赚点钱,因为人们总想花点钱要到更好的东西。但是,我告诉你,从这些百万富翁手里赚钱简直就像痴人说梦一样。现在,我带你去菲尔波特先生那边看看,他是个销售员,他们把那里修缮得像画一样漂亮。"

"这还要添置好多东西吧。"基奇说。

"我跟你们说，"比尔·兰伯特说，"我不想催你们，但要是你们决定要，我免费送你们半捆木头，而且今天下午吃完晚饭，我第一件事就是去把油毡铺好。"

"我们必须保持极度安静。"基奇说。

"别担心，维恩斯太太。上个月，就是九月十五号晚上，有对夫妇来这里，我闻到了酒味，但我不想惹麻烦，所以让他们在这里住了两三天。那天晚上天还没暗，她就光着身子在这房子里跑来跑去，把窗帘拉到天花板，所以我礼貌地告诉他们，我们不想让这种事在这里发生。小伙子，现在，你希望你的妻子受到保护，这就是我在这里做事的方式。这是一个体面人住的地方，任何时候，任何人如果在这里乱跑乱踢——"

"好的，兰伯特先生。"鲍伊说。

"还有一件事，维恩斯先生，说完我就带你们到菲尔波特太太那边去。有一天她出去后，她的油炉烧着了，我冲进去扑灭了，幸亏没烧着房子，对此他们非常感激我。"

"我非常满意。"鲍伊说。

"如果我们在这房子里看到你，你最好是在救火。"基奇说。

兰伯特笑了。"好吧，女士。现在我就让你们自己决定吧。"

鲍伊和基奇独自走进房间。"基奇，你觉得可以吗？"

"我简直爱死它了。"

"如果让我看到肮脏的病鬼在这里鬼鬼祟祟,我就踢烂他的屁股。"鲍伊说。

"他不会伤害人的。鲍伊,就这里吧。"

鲍伊走进卧室,基奇跟在后面。"放些大红色的印第安毯子在这里肯定会很好看。"他说。

"我们再买一台大收音机,放在那边。"

"今天下午我可以去镇上,我会买够我们三个月需要的杂货。"基奇说。

"我忘了问老脏鬼,这附近是不是真的有鹿。"鲍伊说。

基奇坐在床边,试着在上面上下震动。

"鲍伊,弹簧和床垫都不错。"

"我自己也很喜欢。"鲍伊说,"出去把几个月的房租付给老病鬼,叫他把该死的油毡铺上。"

第十六章

　　大床和小床上都铺着价值一百美元的鲜艳毛毯，客厅里有一个和壁炉一样大的收音机，壁炉架上挂着两把猎枪和一把步枪，基奇还有一个装着钻石的烟盒。四个星期以来，他们做了很多事情，老病鬼也不再偷偷摸摸地四处窥探。只有一次有人来过，是销售员的妻子菲尔波特太太，过来借点糖。在这里，除了那个小菲尔波特男孩艾尔文，他们再也没见过别人，那次艾尔文带着一支 .22 步枪和他的那条斑点狗，去了他们家后面的树林里。

　　今晚，鲍伊坐在收音机前，抽着基奇喜欢的弯柄烟斗，心想，一切看起来都很美好。在堆满食物的厨房里，基奇正按照他喜欢的方式炸爱尔兰土豆，炸得又脆又黄。

鲍伊心想，我自己倒是不在乎，但我们可以很快去那个镇上看电影了。女孩们喜欢出去走走。那边的那个警察呢？我已经认出他了，他永远也别想接近我。

昏暗的客厅里，壁炉里的木柴火苗溅到了天花板和墙壁上。他今晚带木柴了吗？对。现在几点了？七点半。天哪，基奇喜欢的墨西哥乐队正在演奏。鲍伊调了调频道，没错，就是这个电台，但现在他们正在谈论那该死的便秘。

如果他们现在被发现，不得不逃跑，那么这台收音机和所有东西都得留下。好吧，我才不要做汽水，每周只赚十美元。我会再买一台五百美元的收音机，还有两百美元的毯子。如果我们没钱了，我知道我能从哪里弄到更多。

他又往火里添了根木头，坐了下来。火光投射在墙上，在墙壁上勾勾画画。乐队正在演奏，鲍伊起身回到厨房。基奇正站在烤箱前，手里拿着一块布。

"听到那首曲子了吗？"

基奇点了点头，说："《戈隆德丽娜》。"

"总是让我莫名地有些伤感，让我想起那些男孩们。"

"为什么？"

"我不知道。不过，基奇，我一直在想奇卡莫。我不知道我在基奥塔有没有好好对待他。他可能以为我会在那里等他，但我连字条什么的也没给他留。"

"你打算怎么给他留字条？"

"我不知道。"

"那就别担心了。"

"我只是在想他们。"

"你现在有其他人要担心了。"

"我们才刚刚在一起，你不会不去想这样的事情。"

鲍伊回到客厅坐下。炉火已经减弱，火光像一块发光屏幕一样过滤了黑暗。一个牛仔歌手正在唱着关于草原的歌。我一定要去古谢顿见见他们，鲍伊心想。他们从来没有让我失望过，我也不能背弃他们。不然他们会一直等我，我不能让他们那样。她会理解的。亲爱的，你会理解吗？

牛仔在唱《非我莫属》：

> 再见，再见，小可爱
>
> 我要离开这个旧世界
>
> 哦，答应我，你永远不会

永远不做别人的爱人，只做我的爱人……

　　鲍伊关掉了收音机。他想，我希望我们能得到更多的报纸新闻，而不是墨索里尼、非洲、国会之类的新闻。不过没有消息就是好消息。如果他们俩出了什么事，我们肯定会听说的。

　　基奇在喊他。在镶有花边的桌子上，摆放着黑眼豆、玉米面包、炸土豆、菠萝蜜饯和黑咖啡。

　　晚餐后，鲍伊从炉子上取下装有热水的镀锌铁盆，把它搬进客厅，放在地板上。在炉火的照耀下，基奇要洗澡了。

　　他把浴垫和毛巾铺在浴盆周围的壁炉上，然后环顾了一下房间，百叶窗确实都拉好了。

　　她站起身，赤裸的双腿在浴缸升腾的蒸汽中闪闪发光。鲍伊心想，她真是丰满多了。她抬起左臂，右手拿着抹了肥皂的湿布，朝阴影中的水盆走去。"我不知道你竟然这么毛茸茸的。"他说。

　　她放下胳膊，问道："你觉得我该刮毛吗？"

　　"我觉得不用，我喜欢它，你千万别刮。"

　　"那我就不刮了，只要我有你。"

　　烘干的毛巾盖住了她的身体，也显露了她的身材。她灼热的身体映入他的眼帘。他起身拿起白色法兰绒睡衣，它们散发着干爽的气息和肥皂的香味,他把它们递给了她。

"你今晚要洗脚吗?"她问。

"今晚不洗,亲爱的。我昨晚洗过了。"

他们躺在温暖柔软的毯子里,基奇的手指玩弄着他胸前的法兰绒。外面,在狭窄的水泥人行道上,被风吹落的树叶在地上沙沙作响。白天的时候,他看到过树叶离开橡树,扭曲着,就像被气枪射中的鸟儿一样,盘旋着落到地上。

她现在安静地躺着,他轻声说:"基奇?"

她半抬起头,问:"怎么了,鲍伊?你叫我吗?"

"我以为你睡着了。"

她使劲盯着他看,说:"怎么了?"

"亲爱的,没什么,我没想叫醒你。"

"鲍伊,怎么了?"

鲍伊的耳边,感觉隐隐有细小的绷紧的琴弦在颤动。"我只是在想。"

"想什么?"

"就一般性的事。我一直在想阿尔基那边的那些男孩们。基奇,他们进来之后,吹嘘外面有等着他们出去的女人,过了没多久,他们就闭嘴了,后来再也没人说这些了。"

"我对这些都不懂。"

"我不在乎你嫁什么样的男人,我想这没什么影响。医生也好,大学教授也好,还是别的什么人,只要他死了,他的妻子很快就会跟别人跑了,这些寡妇跟别的女人一样坏。"

"我不认识这样的女人。"

"有些女人刚把一个男人埋了,很快又跟另一个男人好上了。有些女人,基奇,一生中会跟十几个男人好,一个接着一个。"

"那些女人没爱过人。"

"嗯,基奇,我现在也不知道怎么回事。她们一定为男人疯狂过,也许她们并不爱所有的男人,但她们肯定喜欢其中的一些。"

"女人只爱一次。"

"是什么让一个女人和一个男人生活一段时间,然后又和另一个男人生活一段时间,然后又和另外四五个男人生活在一起?"

"她们就是不爱。"

"她们肯定喜欢这样,基奇,否则她们不会这样做。"

"我不知道为什么其他女人会这样做。也许她们只是随便看看,找不到对象,然后我猜她们中的一些人是为了生活而结婚。"

"在我看来,每个女人都会这么做。"

"我不知道其他女人会怎么做。"

"基奇,如果我在某天遇到了麻烦,而你和我可能再也见不到对方了，你会怎么做？"

基奇不作声。此时那根细小的弦就像蟋蟀一样吵闹，在鲍伊的耳边嗡嗡作响。"你没听见我说话吗？"

"你走了之后，我就什么都没有了。想这些没有用。"

"基奇，看看其他那些女人。她们可能第一年不会，也可能两三年或四五年都不会，但很快你就会看到她们让男人对她们流口水了。"

基奇仍然不作声。

"基奇，现在你有什么要说的吗？"

"鲍伊，我觉得女人就像狗。你现在养了一条好狗，如果它的主人死了，狗就不会从任何人那里拿食物，它会咬任何试图抚摸它的人，之后，它只好自己去找食物，很多时候它也会死。"

"你觉得这是正确的吗？"

"一条坏狗才会从任何人手里抢东西吃。"

"我猜，那些花了一大笔钱买来的纯种大狗才会这样做。它们才是真正的狗。"

"也许它们是。我从来没看到过一只真正的纯种狗。我在基奥塔看到过一条狗。我不知道它是什么狗，我猜它也没有主人。汉弗莱老人养了它，在他死后，那条狗很可怜，但它不会和任何人打交道，不吃不喝，然后就死了。"

"我真该死，基奇。你认为那是对的，这正说明你是对的。宝贝，你是我见过的最聪明的小家伙。"

"我不聪明。"

"你是个小战士，你就是这样。"

"你现在去睡吧。"

鲍伊耳边的铃声渐渐远去，他的眼皮也变得沉重起来，于是他闭上了眼睛……

第十七章

"迎宾客栈"的后院,有一条像小巷那么宽、上面带刺铁丝网的栅栏。往里是牧场,长着鼠尾草和金雀花。远处的树林里,有绿油油的、花粉飞扬的雪松和灰色树干的灌木橡树。长角白脸牛在那里吃草,有时会走到围栏边,嗅着烧过的罐头,翻着生锈铁桶里的垃圾。有一次,基奇看见一只母鹿,她叫了鲍伊,但当他走到后门时,母鹿已经不见了。往南,树林那边,山丘隆起,天空被山环成了一个巨大的圆圈。这个傍晚,夕阳西下,把地平线染成了漂亮的粉红色,就像基奇的内衣。

他们现在坐在小屋的后门台阶上,基奇穿着鲍伊的灰色外套。她很有趣,她总是穿着他的衣服,甚至晚上睡觉也穿着他的衬衫。那件睡衣和室内拖鞋是他花了十五美元买的。

基奇指了指树林，他们看到了菲尔波特家的男孩阿尔文和那条狗。

"我总是想晚上和那孩子一起出去，"鲍伊说，"我从没见过他带回什么东西。"

"不过，他玩得很开心。"基奇说。

"看来我脑子里有太多其他事情要想了。"他用手掌轻轻敲了敲烟斗，然后摊开手，甩了甩烧焦的烟草，擦了擦大腿。他的嘴皮子感觉有点干，舌头像针尖一样。我们进去后，我就告诉她，他想。现在只有四天了，我必须去古谢顿，就这样吧。

"那个阿尔文让我想起一个小女孩，她以前住在我姑妈家那边的街角，她后来死了。"

"嗯。"鲍伊说。

"她非常漂亮。她经常在教堂里念诗，她妈妈把她打扮得非常漂亮。她好像杀死了她妈妈，我想这就是她爸爸发疯的原因。不过我得说，他在那之前就疯了。他是个印刷工，攒了不少金币。他存下的每一分钱，他都会去银行换金币。晚上，他就去前屋，坐在桌子前数钱，看着它们。他妻子告诉他，这会带来厄运。"

"然后那小姑娘死了？"

"他花光了所有积蓄，才勉强凑够了葬礼的费用。"

鲍伊开始装烟斗。"奇卡莫跟我说起他在墨西哥认识的一个律师朋友，霍金斯。那个律师不相信天堂地狱之类的说法，他说一个人证明自己活着的唯一方式就是拥有自己的孩子，这就是生命的延续。"

"所以你想要孩子？"

他看着她，说："我从来没说过要孩子。"

"但我知道。"

"你想有个孩子吗？"

"看吧，也许某一天会想要的。"

"总有一天会想要的。"

她站在台阶上，把外套拉到喉咙处。"我对现在的生活很满足。"

火柴灭了，他把它扔到一边，又伸手到口袋里掏出一根。"不，我们不要孩子。"

"好吧，不要孩子，我宁愿只有你和我。"

天色渐渐转黑，那棵大橡树上被暴风雨折断的树枝，像一条僵死的蛇，缠绕在树干上。

鲍伊站起身，用鞋跟磕掉了还没点燃的烟草。"基奇，我想我过几天得去看看他们。"

"为什么？"

"有点事。我答应过他们，这个月十五号会去见他们的。"

"什么事?"

"正经事。我会离开几天,很快就会回来的。"

"你有什么打算?"

"我就是答应他们了,基奇,就这样。"

"你们打算做什么?"

"基奇,我希望你能明白,我再也不想惹麻烦了。我要去那里,不让他们等着我,其他什么都不想。我们确实选中了那里的一家银行,但我不打算去抢劫。"

基奇转过身,握住门把手。"我和你一起去。"她说。然后她走进屋里。

他独自站在那里。在那排平房的尽头,传来斧头劈柴的声音。过了一会儿,他走进屋里。

卧室很暗,她躺在床上。他走过去,坐在床沿,说:"基奇,你不能去。"

她什么也没说,起身走进厨房。他听见水倒进玻璃杯里的声音。过了一会儿,她回来了。"我刚才说你不能去。"他说。

"我听到了。"

"好吧,我说话的时候你别到处乱跑。"

她坐在他旁边。

"我已经被通缉了,你不能再跟我们三人有关系,我很久以前就下定决心了。"

"好吧，鲍伊。"

"直说吧，你说'好吧'是什么意思？"

"我是说，一切都会好起来的。"

"我回来的时候，你会是什么感觉？"

"高兴。"

"你会留在这里，对吧？"

"是的。"

"那就这样定了，行吗？"

基奇站起身，脱下外套，叠好放在床沿上。"你到那儿的时候，会遵守诺言，让他们知道你已经收手了吗？"

"在古谢顿之后，我就收手了。"

"鲍伊，你知道我期待什么吗？"

"当然知道。"

"那好吧。"

基奇走进厨房，鲍伊听见油炉的灯芯嘶嘶作响，接着水壶在火焰上发出"咕咕"声。他躺在床上，过了一会儿，水壶里的水煮沸了，听起来像是有婴儿在呜咽。

第十八章

古谢顿房子的大门打开了一点点,一股冷熏肉和生洋葱的味道扑面而来,然后露出了露拉化着妆的脸。门又开大了点,鲍伊走了进去,握着迪·达卜那岩石般的手。

"奇卡莫在哪儿?"鲍伊说。

迪·达卜朝屋子后面点点头,说:"在睡觉。"

"看在上帝的分上,别叫醒他,不然,我就走。"露拉说。她穿着一件绿天鹅绒晚礼服,长及脚踝,正在调整耳垂上的金耳环。

"他肯定喝多了,鲍伊,"迪·达卜说,"我真不知道这孩子会变成这样。"

"他睡着了吗?"鲍伊说。

"现在别叫醒他。"露拉说。

鲍伊弯腰坐在沙发上,并拢膝盖,把帽子放在上面。迪·达卜看起来很累,就像那天晚上他们在枕木上走了一整夜之后那样。"露拉,帮他放一下帽子。"他说。

"你今天只是顺路过来打个招呼吗?"

"我今天走了很长的路,一路走得很急。"鲍伊说。他看着露拉把帽子放在门边镜子下面的桌子上。

"鲍伊,你躲到哪里去了?"

"很南边的地方。奇卡莫喝多了?"

"天哪,昨晚他带了一个老女人回来,我敢发誓,他肯定是从黑鬼镇带来的。就在这间屋子里,跟露拉在一起。"

"那女人跟他一样,喝得醉醺醺的,"露拉说,"我跟迪·达卜说,如果你今晚九点前不来,我就收拾东西去酒店了。"

"那女人喝得烂醉如泥,什么也听不见,"迪·达卜说,"所以,奇卡莫一睡着,我就把她带出去,把她留外面了。"

露拉的另一个耳环也戴好了,她冲着鲍伊微笑。

"给你看个东西,你坐在那里,我去拿过来。"

"好。"鲍伊说。

露拉走到后面去了。"她为了等你,打扮了两个小时。"迪·达卜说。

"迪·达卜,你过得怎么样?"

"凑合着过吧。前天,奇卡莫不得不去麦克马斯特斯,从他那位律师朋友那里借了五十美元,给我们买汽油和吃的。"

"你的意思是说,你们把那些钱都花完了?"

"鲍伊,我有一个家庭要养。我在麦克马斯特斯那边的旅游营地花了一万二。"

"你哥哥怎么样?"

"他很倒霉,保释委员会拒绝了他。不过,我想明年他会成功的。"

"太糟糕了,我想可怜的玛蒂还不能安定下来。"

"我和露拉在新奥尔良玩得很开心,在那边,钱花得特别快。"

"奇卡莫一直跟你在一起吗?"

迪·达卜摇了摇头:"我以为他一直跟你在一起,后来我才发现不是。但我一直没见到他,他三天前来这里的时候还在喝酒。"

"我真希望他能把酒戒掉。"

露拉走了进来。她拿着一卷用红丝带绑着的羊皮纸,看着迪·达卜。"你想让我给他看吗?"

迪·达卜咧嘴笑着,点点头。

露拉身上散发着清新的香水味。她弯下腰,把羊皮纸铺在鲍伊的膝盖上，上面印着一张结婚证。

"你们俩结婚了？"

迪·达卜继续点了点头。

"怎么，迪·达卜，你这里写了真名！"鲍伊说。

"把首字母倒了一下，W.T. 马斯菲尔德。"

"吓我一跳。"鲍伊说完，把结婚证还给了露拉。

"你和那个俄克拉荷马州的小姑娘处得怎么样？"迪·达卜说。

鲍伊的眼睛微微一颤。"谁？"

"她叫什么名字来着？基奇？基奇·莫布里？"

"你还知道她什么信息？"

"鲍伊，你还记得吗？我们都在迪伊家的时候，我见过她。不过，直到我在报纸上看到那条消息时，我才知道你们俩在一起了。"

鲍伊的喉结像被撞了一下，疼痛难忍，无法吞咽。"什么消息？"

"你没看到吗？"鲍伊摇了摇头。

"我记得是上周日看到的，"露拉说，"上面还有她的照片。"

"照片？"鲍伊说。

"天哪，鲍伊，我还以为你什么都知道呢。那个迪伊·莫布里说，你绑架了她，我跟露拉说那老兄不过是在装腔作势。有个警察当时正在审问他，他几乎要供出那个'宿舍'了。我告诉露拉，你不会绑架任何人的,而且是像她这样的女孩。"

"照片登在报纸上了吗?"鲍伊说。

露拉说:"最近一次是上周日的报纸,上面的是她上高中时拍的照片。"

"嗯。"鲍伊说。

"信息会沉寂下去的,鲍伊。如果是我,我不会让它扰乱我的生活。"

"我不担心。"

露拉走回去,横着坐在迪·达卜的腿上;他张开双腿,她靠在他身上,伸出胳膊搂住他的脖子,左手拿着结婚证。

小战士,你我要分道扬镳了,鲍伊想,你再也不能跟着我一起跑了。

迪·达卜和露拉两人开始接吻,发出"咂咂"的声音。

你可以回俄克拉荷马州去,鲍伊想,随便他们怎么想,小战士,反正你现在有钱了,让你那个老头下地狱去吧。

"亲爱的,你先回去再打扮打扮,"迪·达卜说,"我和鲍伊说点事。"

"别惹麻烦哦。"露拉说。

我走后,要是哪个警察去找你麻烦,我就让他尝尝我的厉害,鲍伊想。动我没问题,但要是敢动那姑娘一根手指,我就用机关枪把他打趴下!

露拉走到里屋去了。

"这间银行不大，"迪·达卜说，"有可能捞个五万美元，也有可能一分没有。"

"我会需要钱，"鲍伊说，"混我们这行的，永远都不知道什么时候需要钱，而且可能需要很多钱。"

"我们三个这样的绝妙组合，可不多见。"迪·达卜说。

"奇卡莫对此兴趣不大吗？"

"如果你和我不去，他明天一个人也去。"

"他不必一个人去。"

第二天早上十点，他们抢劫了古谢顿第一国民银行。奇卡莫开着鲍伊的车，看起来像得了痨病；迪·达卜则抱怨着他的风湿病。一切顺利。十点十五分，他们换车。十点三十分，奇卡莫开着迪·达卜的车，迪·达卜和鲍伊蹲在后座上，驶进了他们位于城市边缘的房子的车库。奇卡莫走进屋里，十五分钟后，迪·达卜进屋，然后是鲍伊。只从银行拿到一万七千美元。

中午，迪·达卜煎了培根和鸡蛋，做了吐司，但只有奇卡莫吃了。鲍伊只喝了咖啡。

那天下午，收音机里播放了一场足球比赛，鲍伊输给了奇卡莫十美元。

"你们怎么不说话？"奇卡莫说，"这样让我紧张。"

"你需要喝一杯。"迪·达卜说。

"我需要喝点东西来缓解一下,天一黑,我就去镇上买。"

快天黑前,一辆车驶入车道。他们拿起枪,但那只是某个该死的混蛋想掉个头,转眼又朝镇上开去了。

黄昏时分,迪·达卜说他要去一下杂货店,然后在红帽子酒店给露拉打个电话。"我可能直接过去接她,然后我们今晚就去新奥尔良,你们谁想跟我一起去?"

"我想去。"奇卡莫说。

"如果你们都走,那我也跟你们一起吧。"鲍伊说。

"你可以把我送到汽车站。我有一些事情要办,我想尽快处理完。"

奇卡莫戴上帽子。"鲍伊,你为什么不过来跟我们待在一起?你是不是被什么东西缠住了?"

"我很快就来跟你们会合。"

"你自己坐车要小心点。"迪·达卜说。

"我坐一段路,之后就下车,我会买辆车。"鲍伊说。

迪·达卜说了新奥尔良波旁街的夜总会名字,说他和露拉12月1日晚上会去那里。

"好的,"鲍伊说,"奇卡莫,你也去吗?"

"只要还能走路,我就去。"奇卡莫说。

在候车室里,一个穿着大衣的孩子从长椅上滑了下来,站在那里,外套缩水得厉害,裤腿悬空。孩子把双手放在身后,看着鲍伊。鲍伊朝她眨了眨眼睛。孩子走进来,她伸出手,手心向上摊开。

"哦,你想要五分钱吗?"鲍伊说。

孩子妈妈站了起来,她穿着一件褪色的红色外套,领子是廉价的毛皮。她张开双手,朝他们走来。"她打扰你了吧?"她说。

"没有。小姑娘,你要去哪里?"

"外公家。"小淑女说。她伸出另一只手。

"亲爱的,怎么了?"女人说。

鲍伊把硬币放在孩子的手掌上,帮她把手指合拢。"要不在我身边坐一会儿?"鲍伊说,他拍了拍长凳。那孩子看了看硬币,又抬头看着妈妈。那女人扶起她坐到长凳上。

警察的硬鞋跟踩在瓷砖地上,踏踏作响。警察朝售票窗口走去,跟售票员交谈了一会儿,然后转身向门口走去。在门口,他退后一步,走到一边,两个穿着皮草外套的女孩提着周末包走了进来,一个穿着花呢大衣的男人跟在后面。警察走了出去,女孩们和穿着花呢大衣的男人站在售票窗口买票。

鲍伊怀里抱着小姑娘,踏上拥挤的公交车,坐在第三个座位的一个光头男子见状起身,把自己的座位让给了他们。

女人眼窝里的皮肤像是被烟熏过的烟纸。她说她丈夫是个理发师，找不到工作，她现在只好回父亲家，直到情况好转再说。孩子最近得了重感冒，才恢复没多久。

小姑娘睡在鲍伊的大腿上，他把她稍微挪动一点，这样她的头就不会碰到他那把坚硬的枪了。女人说，她希望丈夫能在圣诞节前找到工作。

小姑娘柔软的手指上指甲黑乎乎的，看起来像纸一样。基奇的手指甲总是干净、圆润、又短又漂亮，不像露拉的又长又尖。他离开的前一天晚上，她给他修剪了脚指甲。好了，大男孩，别再有关系了……现在这个女人正碰上一段艰难的时光，一点小钱都没有，而他身上却带着将近六千美元。

女人不说话了，闭着眼睛，头靠在座位上。她腿上的钱包漆面已经裂开，露出了糊状的纸板。

要是他在钱包里偷偷塞二十美元会怎样？要是他去拿那个钱包，她会一把抓起来，开始大喊大叫，那他又要进去了。不过，要是他能从那个钱包里拿到钱，那也会给他带来好运。要是他从那个钱包里拿出五张二十美元的钞票，而她还没醒，那就会打破在这条路上等着他的所有厄运。要是他数到十三，从那个钱包里拿出五张二十美元的钞票，那以后他肯定能一帆风顺。那女人现在正在打鼾，钱还在钱包里。天刚破晓,小女孩和她妈妈就下了车。八点,鲍伊在圣安吉洛下了车。十点,他开着新汽车向南驶去。

落日下的云朵看起来就像月光下的海浪。鲍伊的胃里突然一阵灼痛。他心想,我得吃点东西,天哪……我从前天起就没吃过东西了,我快饿死了。再瞎想其他事情,我就要饿死了。有块牌子上写着:吃饭。鲍伊驶入宽阔的公园大道,停在路边午餐摊的纱门附近,那是一个低矮的框架结构建筑,到处贴着啤酒罐的标志。

鲍伊走了进去,里面有一个柜台、五张凳子、一台正在播放的电唱机和一台老虎机。一个系着白色围裙的男人从后面的拱形门走出来,走到柜台里面。一个女人的脸从厨房的狭缝里探出来。

"两个煮鸡蛋,三分熟,再加一杯咖啡。"鲍伊说完,跨坐在第一张凳子上。

男人长着双下巴,厚厚的,软软的,就像青蛙一样。

留声机正在播放音乐。收银机旁放着一瓶番茄酱和一罐白芥末,还有一份叠起来的报纸。鲍伊伸手去拿报纸,又赶紧把手缩了回来。该死的报纸。

音乐结束,电唱机发出"咔嗒"一声,然后静止不动了。"青蛙下巴"走到收银机边,这时,投币口发出"叮叮当当"的响声,然后机器又唱起来了。

鲍伊晃了晃鸡蛋,然后剥壳,把碎壳丢进玻璃杯里。他拿过盐和胡椒,然后拿起报纸。那是一份圣安东尼奥的报纸。他咬了一口鸡蛋,然后摊开头版:

得克萨斯州古谢顿,11月16日——今晚,一名歹徒被击毙,另一名受伤,被杀歹徒的同伙妻子因今早对第一国民银行实施一万七千美元抢劫而被捕入狱。

死亡的匪徒是T.W.(拖米·刚)马斯菲尔德。他是一名俄克拉荷马州的逃犯,因涉嫌得克萨斯州六起银行抢劫案而被通缉两个月。当时他正坐在红帽子酒店前的车里,被警察当场开枪打死。他的同伴,埃尔莫·莫布里(三趾猫),受伤严重入院,警察在医院安排了大量看守。

劫匪团伙的头目鲍伊·鲍尔斯是一名快枪手,今晚他躲过了三百多名治安官和愤怒的市民组成的追捕队的搜捕。

露拉·马斯菲尔德,在她丈夫被伏法几分钟后被捕入狱。

市中心的枪战吓坏了数十名行人,驾车者匆匆奔向安全地带。警察们先发制人,两名歹徒都没来得及开枪。

第一国民银行的一万美元赃款在弹痕累累的汽车里被找到。今晚,酒店侦探克里斯·劳顿为重创该团伙立下了大功。

正是他获得了情报,并为匪徒团伙布下陷阱。

"怎么了,""青蛙下巴"说,"鸡蛋不好吃吗?"
"不是,鸡蛋挺好吃的。"鲍伊说。他把勺子放进杯子里。

至少有三名男子,可能还有两名女子参与了这起惊天大案。两名匪徒,被确认为鲍伊·鲍尔斯和马斯菲尔德,于上午十点进入银行,用六发左轮手枪逼迫六名银行工作人员和官员以及十几名客户进入金库,对保险箱和收银机进行了大肆洗劫,然后乘坐同伙等候的汽车逃走。目击者看到匪徒开车逃走,并称车里有一名女子。

鲍尔斯因谋杀罪被判终身监禁,他从俄克拉荷马州监狱越狱,涉嫌杀害两名得克萨科城治安官,以及俄克拉荷马州、堪萨斯州和得克萨斯州的六起银行抢劫案。俄克拉荷马州当局称,他与一名女性同伴驾驶一辆汽车在全国各地旅行,这名女性是今晚在此受伤并被捕的匪徒的侄女基奇·莫布里。

"这两个鸡蛋够吗?"
鲍伊说:"够了。"他咬了一口,感觉在咽那人嘴里的痰。

据悉，一名女子在得克萨科城协助了鲍尔斯逃跑，当局认为是那名女子让他昨晚不要在酒店出现的。

莫布里头部和胸部都受了伤，但主治医生说他可能能活下去。然而，如果他活了下来，他将被推上电椅。地区检察官赫伯特·莫顿今晚在这里宣布，如果莫布里接受审判，他将申请对他施以最高刑罚。

今晚，十九岁的漂亮女孩露拉·马斯菲尔德在牢房里泣不成声："我比世界上任何人都更爱汤米，他是世界上最好的……"

鲍伊把报纸折好，放回到瓶子和罐子后面。然后他站起来，走到收银台前，把手伸进口袋。

"如今，你很难让每个客人都满意。""青蛙下巴"说。

"我只是不饿。"鲍伊说。

当他走向汽车时，感觉脚下踩着一团仙人掌。

第十九章

厨房里那盏绿罩灯还亮着,这是他们的暗号,说明他不在的时候,没有发生任何事情。他轻轻地关上车门,树叶在他移动的脚步下发出"沙沙"的响声。他抬起门把手,尽量不让门刮着门框,然后走进厨房。壁炉里那堆黑灰上,点缀着几块白炭,接着,他看见基奇坐在那台收音机旁的小床上。

"我回来了。"他说,但他有一种感觉,好像嘴里没有发出任何声音,这些话都融化在他空空的肚子里了。他紧张地说:"我看到灯还亮着,看来你都记得。"

"我其实不确定你会不会回来。"基奇说。

他走过去，站在炉边，双手紧握在身后。厨房水槽里滴着水。

"一切都还好吗？"

"还好。"

公路上，一辆疾驰而过的汽车发出阵阵轰鸣。

"想把厨房的灯关掉吗？"鲍伊问。

"你想关就关。"

"不关也没关系，对我来说没什么区别。"

"我觉得你回不回来也没什么区别。"

突然，他感觉心头一热，迷雾润湿了眼睛。"哦，我猜你是在说我的事吧？"

"是的。"

"一切都发生得太快了，"他说，"就像在你说出杰克·鲁滨孙之前，他已经击中了球。你知道这件事了吗？"

"是的。"

"关于你的那件事？"

"是的。"

他朝她走过去。"该死的,基奇,我不是故意让你卷进这种事情的。"

"别担心我。"

他停住了。

"我必须学会自己照顾自己。"

"基奇,那些钱都是你的,够养活你。别再去找那个……那个老头了。"

"我不会回去的,别担心。"

我想,你可能还得回到那里去。不过,你不用担心那件事,那些该死的笨蛋不能对你怎么样。他心想。

"你什么时候开始考虑我了?"

"考虑你?"

"你不在的时候,肯定没有想过我吧?"

"我不在的时候,你没想我?"

基奇站起来说:"你骗我,你骗我。"

"基奇,"他朝她走过去,"你不明白,基奇。"

"别碰我。"她紧握着拳头说,"你选择了他们。你明知道我和他们之间你只能选一个,但你选了他们。"

他垂下双手。"我不想谈他们。"

"他们对我来说什么都不是,从来都不是。你明明知道的。好吧,我们之间完了。"

她朝门口走去,他看见她穿着那件羊毛外套,地板上放着她的两个包。"你要去哪里?"他说。

"这和你有什么关系?"

他走到她跟前,弯下腰,抓住那只伸向包的手腕。她猛地挣脱他。"我告诉过你不要碰我。"

"你等一下。"他说。

她站在那里,嘴里发出"呼呼"的呼吸声,好像她的鼻孔被堵住了一样。

"你想这样离开吗?"他说。

"当然。"

"有这么难过吗?"

"随便你怎么想。"

他的内心像被掏空了一样。

"说完了吗?"基奇说。

"你等一下。"

"你拦不住我。"

"不,我不拦你,但你等一下。"

她站在那里。他转过身,走到壁炉前,看着那些闷燃的炭火。他走进厨房,拿回来一些皱巴巴的纸,散掉灰烬,把纸放在煤块上。纸烧起来了,然后他添了几根木柴。

"这么晚了,你不该出门,"他说,"如果要有人离开这房子,也应该是我。"

"我不住这儿。"

"好吧,那我们就直说吧。现在,我从这扇门出去,我要出去走一走。如果你一定要走,车就停在外面,钥匙也在里面,你知道钱在哪里。"

"我不想要你的任何东西。"

"别傻了。"他用力扳动门把手,门"嘎吱"一声,他走了出去。

一轮新月挂在灰暗的月盘底部。风吹过树林,带来远处河里水流的声音,雪松树梢在星光灿烂的钴蓝色天空下,像弱小的圣诞树一样。他现在走在伐木工人的路上,这条灰色的路蜿蜒曲折,一直通往森林深处。

这不就是你想要的吗,大个子?总得断,至于怎么断,又有什么关系呢?你就沿着这条路一直走下去,直到你的腿断了为止。基奇在油炉前,裙摆上沾着地板上的灰尘……好了,断了吧。

风从他的裤脚和衣领里钻进来,他把衣领翻了起来。我还有很多事要做。迪·达卜,这个世界再也不能对你怎么样了,奇卡莫,你还有朋友。老兄,你最好别再想别的了。你很快就会和我一样,再也不会在这条路上跑来跑去,而且从现在起,也时日不多了。

他的影子在他身旁的马路上溜来溜去,又矮又瘦。基奇会捡起地上的烟头,用她找到的烟纸给他卷一根烟。现在别再抽那玩意儿了,该死的。事情是怎么发生的？这还有什么关系吗？反正已经发生了。算了，算了，算了。

不远处的断树桩上伸出两根短短的树枝，看起来就像站着一个人。鲍伊用手按了按腋下枪套里的枪托。见鬼，一个警察用不着枪。勇敢的人，英雄。一对五十、一百、两百、三百时，用枪还差不多。

一颗下坠的流星碎片划过天空，就像一根摇晃的木头上的火花，消失了。小战士，这代表着你走了吧，这意味着你已经离开了吧。

现在，他离开树林，穿过空地，朝"迎宾客栈"走去，晨雾如筛过的灰烬般拂过。汽车还停在他离开的地方。天哪，姑娘，你不会是走路离开这里的吧？为什么，姑娘，你现在不离开，以后会惹上麻烦的。烟囱里冒出烟来。

她坐在燃烧的木柴前，脱掉了外套，抽着烟。"我不能走。"她说。

他的脖子僵硬，一动不动。

"我不能走。"她又说道。

"我看到外面的那辆车了。"他说。

"我在外面什么都没有，"她说，"什么都没有，什么都没有！"

鲍伊把手放在她的肩膀上，拍了拍她。"你该去睡觉了。"

"是的。"

"我会的。"

过了一会儿,基奇起身朝卧室走去,他也跟了过去,站在门口,看着她躺在床上。然后,他走过去坐在床沿上。

"我不想离开你。"基奇说。

他点点头。

"鲍伊,你不会让我走吧?"

"不会。"

"就算我想去,你也不会让我走,对吗?"

"是的。"

"你会让我留下来吗?"

"会。"

"我帮了你,对吧,鲍伊?"

"是的。"

"帮了你很多,是吗?"

"是的。"

基奇闭上了眼睛。不久后,她的嘴巴和鼻子深吸了一口气,身体抽搐了一下。他把手放在她身上,她又抽搐了一下,但这次没那么厉害了,她的嘴也闭上了,睡着了。鲍伊从枪套里拿出枪,放在床边,松开领带,解下衣领。然后,他在她身边躺了下来。

第二十章

已经下了六天雨,基奇说,今年圣诞老人只能坐船,而不能坐雪橇来了。白天,在雨中,树林、山丘与天空融为一体。他们的房子坐落在一个坡顶上,晚上,他们听着雨水轻抚屋顶入睡。第二天清晨醒来,雨声依旧,雨滴柔和而又断断续续地打在房顶上。

下午快五点,小男孩阿尔文·菲尔波特就会带着圣安东尼奥的报纸出现了。鲍伊四周前和他做了一笔交易:每天下午,阿尔文放学回家时,带一份报纸给他,一周共五十美分。他们打算给男孩买些圣诞礼物,但现在离圣诞节只有四天了。

基奇站在厨房门口,一手拿着红薯,一手拿着削皮刀。"圣诞节你想喝点蛋酒吗？"她问。

鲍伊把一只被基奇擦得发亮的牛津鞋放在地上，拿起另一只。"你喝过那种东西吗？"

基奇摇摇头。"也许我小时候喝过。我在报纸上看到过一个食谱，好像每个人在圣诞节前后都会喝。里面的鸡蛋对你很有好处。"

鲍伊说："如果你觉得可以的话，我们就来一夸脱威士忌，直接喝酒吧。我不喝蛋酒。有一次我喝蛋酒后，烂醉如泥，之后我对天发誓，如果我能挺过来，我绝不会再喝蛋酒了。"

基奇笑着回到厨房，他们晚饭要吃猪排、糖渍红薯和棉花糖。

鲍伊在基奇的鞋子上抹了点棕色鞋油。他想，我们得好好过个圣诞节，不能像平常日子那样。现在，他不用再惦记着给妈妈准备圣诞礼物了。他和基奇昨天开车去了圣安东尼奥，把一千美元寄了出去。不过还有一件事，他必须尽快去做，那就是去麦克马斯特斯找奇卡莫的律师朋友阿奇博尔德·J. 霍金斯。他和基奇得回圣安东尼奥去办这件事。把两千美元装进信封交给律师？那家伙可能已经死了，别人会得到这笔钱吗？现在要做的是去圣安东尼奥的某家银行取一张汇票，寄给霍金斯。律师们都知道，拿着小偷的钱去南方是不行的。塔尔萨的那个人已经明白了。现在，他可以给奇卡莫寄一张一百美元的邮政汇票。在圣诞节期间，圣安东尼奥的银行和邮局都挤满了人，没有人会盯着基奇和他。

纱窗嘎吱作响,鲍伊起身走到门口。是阿尔文。水从男孩的鼻子里滴下来,他从湿透的外套下面掏出一份干报纸。

"小家伙,小心点,你已经被淋湿了。"鲍伊说。

"我不怕。"阿尔文说。

阿尔文离开后,鲍伊回到厨房。他说:"我现在知道给那孩子买什么了,雨衣。"

"这比猎枪好。"基奇说。

今天报纸上什么都没有。鲍伊想,前天报纸上写得够多了。奇卡莫将在2月4日受审,必须赶快给霍金斯律师寄钱,如果他没拿到钱,奇卡莫肯定会上电椅。

晚饭后,基奇和鲍伊玩跳棋。雨下得更大了,风在窗纱里呼啸而过,雨水在屋檐下的水坑里四溅。

鲍伊把跳棋堆在有滑动盖子的盒子里。"基奇,你知道吗?你那天说女人比男人更容易伪装。我觉得男人会更容易伪装,男人可以留胡子,戴眼镜,把头发剪得不一样。"

"但是男人不能涂粉和化妆。"

"当然可以。他可以打扮成女人,再化妆。"

"我想看你打扮成女人的样子。"

"我不行。"

"我不想打扮得像个男人。"

"我知道,"鲍伊说,"但基奇,这世上总有些男人,他们总是打扮得跟女人一样,他们不是好人。"

"基奥塔有个女人,抽雪茄,行为举止跟男人一样。"基奇说。

"基奇,他们这些人不是什么好人,绝对不是。他们不是什么好人。"

"这世上坏人的数量比好人多,"基奇说,"瞎子都能看出来。"

"基奇,你永远不会想到,在阿尔基有这么多坏人会同时聚集在一起。这就是我再也受不了那里的原因。虽然我不知道,但这里的情况也差不多。"

窗户上的纱窗吱吱作响。鲍伊听了听,他把手指伸进耳朵里晃了晃。"是的,基奇,你说得对,唯一的办法就是离开,然后忘了它,不要有任何朋友。"

"鲍伊,你不能相信任何人。"

"亲爱的,我一直这么说,就算耶稣现在从这扇门进来,我也不会相信他。"

"在这个世界上,不能依靠别人,你只能依靠自己。"基奇说。

鲍伊站起身,把跳棋盒和棋盘放在壁炉上。他转过身,把胳膊肘放在壁炉架边上,然后把他的肚子挤出来,不让它碰到热气。"但是你知道吗？基奇，你再也见不到我们三个哥们在一起了。我想到在监狱里没人依靠的奇卡莫，我打赌他连烟钱都没有。"

"除了律师，没人能帮得了他。"

"我知道，我一直在想这件事。他肯定觉得，他在这个世界上没朋友了。"

"你对此无能为力，除非你想给他一些钱。"

"给钱就行，基奇。在这个世界上，没有钱搞不定的事。我必须给他找一位律师，一位好律师。"

"你不用自己去找他吧？"

"你说什么？我自己不去。不，我要做的就是给他找一位好律师，然后一切就都解决了。"

基奇起身走到木盒子边，把木头搬到壁炉前，说："鲍伊，你往那边挪一挪。"

掉落的木头下面突然迸出火花，基奇站在那里看着火苗越烧越旺。"这雨声听起来不错吧，鲍伊？"

"什么，基奇？"

"我说，你喜欢听雨打在房子上的声音吗？"

"嗯，喜欢，当然喜欢。"

"我喜欢。"基奇说。

鲍伊走来走去，脚下的地板发出"吱吱"的响声。"我今天应该多拿些木柴，"他说，"这场雨会一直下。"

圣诞前夜的早晨，屋檐下挂满了冰柱，但天色渐渐明朗，太阳就要出来了。鲍伊和基奇躺在床上，正在讨论今天下午把雨衣给阿尔文时，阿尔文会有什么反应。他们昨天在安特洛普购物中心买了雨衣，打算送给阿尔文，还有六条手帕，准备让阿尔文送给老脏鬼麦克纳西。

鲍伊说："我们今天上午去圣安东尼奥，如果想四点前再赶回来的话，我们现在就得起床出发了，不然我们什么都做不成，更不用说看演出了。"

"好吧，我不知道是什么东西把你压在这张床上，鲍伊——伊。"基奇说。

"你通常都比我起得早，今天早上你的腿怎么了？你不能把冰柱处理掉吗？"

"当然，我正等着看你展示你的男子汉气概呢。你今天早上为什么不起来生火呢？"

"谁，我吗？"

"我希望和我说话的是你，而不是别人。"

"上帝啊，我也希望如此。现在让我看看，我要做的就是起床，走到壁炉那里。好吧，你赢了，基奇——奇。"鲍伊掀开被子，下了床，把毯子塞回基奇下面，光着脚跑进寒冷的客厅。

在厨房，鲍伊看见地板上全是水，浴室里的淋浴管喷涌而出。

"我去叫老脏鬼，让他打电话叫个水管工。"基奇说。

"不，你待着，"鲍伊说，"我去。"

十点的时候，一辆福特皮卡"咣当咣当"地停在了小屋前。鲍伊手里拿着拖把，站在窗户前看着水管工下车。那人的头长得像个爱尔兰土豆，嘴角叼着一根没点燃的雪茄。

"遇到麻烦的是你们吗？"水管工说。

鲍伊朝后边努了努嘴。"浴室。"

水管工看着站在床边的基奇。

"在浴室。"鲍伊说。

水管工的笑容僵住了，脸色暗了下来，雪茄在他那憔悴的脸上显得更加黯淡。他说："被淹了，水管冻住了，浴室呢？"

鲍伊指了一下浴室的方向。

水管工穿过客厅，走进走廊，朝浴室走去。

鲍伊转过身，看着基奇。

基奇用嘴唇无声地问：认出来了？

鲍伊点点头。

水管工从走廊里出来，轻快地朝门口走去。"我去取工具。"他说。

他们透过窗户看到他坐进皮卡，发动引擎，然后汽车猛然一抽，开走了。

鲍伊指着基奇的外套说："快出来，发动我们的车。"

泥泞的水从门前的水坑里喷涌而出，溅到他们的挡风玻璃上。鲍伊按下了雨刷按钮，然后拐上了公路。公路在前方延伸，灰蒙蒙的碎石在挡泥板下"嘎吱嘎吱"地响。

"给我根烟。"鲍伊说。

基奇朝仪表盘下的储物盒里看了看。"鲍伊，没有，一根也没有。"

"竟然一根都没？"

"我们会有的。"

"一根都没有吗？这就是我说的运气。你是说那里一根也没有吗？"

"我们会有的，鲍伊。"

"这就叫运气。"

雷声隆隆，他们周围的山就像被挖空了一样，到处都在震动。

"我受够了下雨，"鲍伊说，"我受够了。"

"我们要去哪里，鲍伊？"

"麦克马斯特斯。"

"麦克马斯特斯？"

"我要去那里找律师。"

"麦克马斯特斯。"基奇重复道。

公路向前延伸，像一条湿漉漉的葬礼长布一样；道路两边，被雨水浸透的杂草急速向后退。

"阿尔文拿不到他的雨衣了，"基奇说，"雨衣放在收音机上。"

鲍伊清了清嗓子："我一直在想，我们昨天加满了油，装满了罐子，这是件好事。如果我们像昨天早上那样，只带了几加仑油出发，那该怎么办？天哪，幸亏这辆车里装了不少油。"

"我们很幸运。"基奇说。

第二十一章

阿奇博尔德·J.霍金斯的房子挨着第一基督教堂,是一栋两层楼房,门廊上铺着木地板。前厅里放了很多家具,有一张圆桌,上面堆放着棕褐色和红色布料包裹着的法律书籍;有一架钢琴,架子上放着两本赞美诗,椅背上放着装裱好的肖像画。地毯上有些地方已经破旧了,看起来像粗麻袋一样,宽大的推拉门边上有一块开裂的油地毡,上面放着一个煤气炉,煤气炉袅袅地喷出长长的火焰。

霍金斯一笑,他的眼睛就变成了皱巴巴的口袋,他的脸颊看起来像用玻璃纸包裹的球。和他住在一起的妹妹去了阿马里洛看望她的儿子,看起来他似乎要独自度过圣诞夜了。他说:"不过,看来今天我有贵客相伴。"

鲍伊坐在那把雕有兽爪的皮沙发上，咧嘴一笑，基奇低头用外套的裙摆盖住腿上的那块围裙。

"先生，现在再来说说奇卡莫吧？"鲍伊说。

"我们会处理好的。"霍金斯说。他补充说，他自己并没有从事过刑事案件，不过他认识古谢顿律师事务所的成员，他们可以处理这个案子，但这需要花钱。

"多少钱？"鲍伊问。

霍金斯笑着说："差不多就是他们认为一个人应该有的数目吧。"

"大约多少钱？"鲍伊说。

"我知道这家公司不接低于两千美元的案件。"

"三千？"鲍伊说。

霍金斯点点头。"相当不错。"

"我也想让奇卡莫得到一些钱，你觉得你能帮忙吗？"

"我能看到他，很容易。"

"因为给您添了麻烦，我给你五百美元。"

"我来搞定。"

鲍伊翘起一条腿，手托下巴，肘部抵着膝盖，身体前倾，问道："你知道古谢顿发生的事了吗？我是说，他们俩的事？"

霍金斯点点头:"是的,我知道。那个女孩,叫什么名字?马斯菲尔德的妻子。"

鲍伊说:"是。"

"她只是头脑简单。那边的酒店侦探向她提了一些不合常理的要求,她没有无视这些要求,而是大吵大闹。她向经理投诉,并说她丈夫有很多钱。那位酒店侦探当时起了疑心,监听了她的电话,应该就是这样得到线索的。"

"我发誓,她什么都没干。"鲍伊说。

"她会在奇卡莫的审判中为州政府作证。"

"我发誓,她没干。"

基奇说他们应该走了。

霍金斯说,他后院有个大火鸡在烤炉里,只要半个小时就能烤好,圣诞夜他们能不能陪陪一个老人?

鲍伊看着基奇,她同意了。

律师说,这个国家的百万富翁比其他任何国家都多,与此同时,强盗和杀人犯也更多。这就是问题所在,极端的财富会导致极端的犯罪。只要社会制度允许能获得极端的财富,就会出现均等化的犯罪,政府和所有执法机构可能也会袖手旁观,接受它。

霍金斯说:"富人不能开着大汽车,炫耀着戴钻戒的妻子,同时还指望每个男人都只是羡慕地看着。普通人会这样做,甚至会赞美和支持它,但与此同时,他们会感受到一些他们无法理解的东西,并表现出来,这就是所谓的美化大罪犯。"

鲍伊说:"我不为自己做过的一切感到骄傲。"

霍金斯继续说,在这个国家,金钱利益决定了对犯罪的惩罚,因此没有道德正义可言。一个流浪汉从另一个流浪汉那里偷了一双鞋,这是极大的罪行,但在警察面前,投诉的流浪汉又能得到什么呢?如果同一个小偷从一家大型公用事业公司的电话亭里偷了十五美分,他可能被判十五年,但如果他从一个盲人乞丐的杯子里抢走同样的钱,他可能只会被罚款二十美元……

霍金斯的肚子"咕咕"直叫,鲍伊低头一看,发现自己的鞋尖上都是干泥巴,然后看着基奇的鞋子,上面也有泥巴。

"现在,你拿我刚才说的愚蠢的普通人来说,"霍金斯说,"就像住在我家街角对面的那个年轻人一样,他住在那边一套两居室公寓里,给这里的百万富翁开牛奶车,每天工作十到十二个小时,晚上回家还要帮妻子照顾孩子。他妻子病了,身体很虚弱,因为带着孩子而无法工作。现在,你拿那个男孩来说,如果他不觉得这些报纸上大肆宣扬的罪犯很荣耀,那就怪了。"

鲍伊说:"这些报纸净瞎说。他们说我在某个镇上工作过,其实我从未去过那里。"

"没有什么比追捕犯人更能吸引眼球的了,报纸会为这场追捕行动造势并大肆宣扬。罗马人并不残忍,至少不会比这些报纸更残忍,这些报纸大张旗鼓地报道杀人犯。就在上周,商会给这位销售奶油的百万富翁颁发了银质奖章,表彰他作为麦克马斯特斯年度最有价值公民。讽刺的是,你把那个为他工作、每周赚十四美元的男孩放在陪审团里,一些想出风头的检察官就会想尽办法让那个男孩认定,对于银行劫匪来说,烧红的钉子都太温和了。"

"抢银行让我乐在其中,"鲍伊说,"我愿意承认这一点。"

基奇摸了摸鲍伊的手背。"时间不早了。"

"亲爱的,我们马上就走。"

"我们马上就要吃鸡肉了,"霍金斯说,"你们年轻人一定觉得我这个老头子太啰嗦了。"

"继续说吧,"鲍伊说,"我喜欢听你讲。"

"说到犯罪。"霍金斯说,他的肚子"咕咕"直叫,"几个月前,有个从底特律来的肺痨病人,开着一辆破车来到这里。他还有两条小狗,那是他的全部家当。他搬到河边的一个小棚屋里,我猜值五万美元。然后那个住在河对岸的牧场主,用猎枪打死了那两条狗。这个州竟然没有法律可以惩罚那个冷血卑鄙的杀人犯。"

"我想,他是害怕被咬吧?"鲍伊说。

"没错,但那个人射杀狗就像射杀响尾蛇一样。"

"他们在我以前住的镇上抓到过一个家伙,他把装有毒药的腊肠扔给狗吃,就在镇上到处乱扔。"基奇说。

鲍伊看着她。他说:"你从没告诉过我这件事。"

霍金斯说:"监狱只是腐败世界里的一个小粉刺而已。那些大罪犯,我是说那些人类福祉、和平与幸福的真正敌人,他们从来不会进监狱。而那些死去的罪犯,躺在这些墓地里,头上顶着最高的墓碑。都是有不正常倾向的正常人啊。他们的思想真是恶臭。我的天哪,人们居然闻不到臭味。不好意思,小姐。"

"那些资本家就跟我们一样,都是小偷,"鲍伊说,"他们抢劫孤儿寡妇。"

"我绝不会自欺欺人,"霍金斯说,"我太清楚这一套了,鲍尔斯,你看我,有你给我的那五百美元,今年春天我要竞选治安法官。孩子,当一个穷苦的律师老了的时候,他就会去竞选治安法官。"

"你看起来不老。"鲍伊说。

"不管怎样,我都要参加下一届选举,我认为我会当选。我会找几个持枪的警员,出去巡逻,捣毁黑人赌博,突袭墨西哥城的小酒馆,逮捕一些超速几英里的游客。我们会赚不少钱,我们就是趁火打劫。"

"我想，人总得谋生。"鲍伊说。

"在这个体制下，人会被迫成为罪犯。"

"我从不抢穷人。"鲍伊说。

霍金斯看着基奇说："无论男人走哪条路，总有一个女人会跟着他。"

"如果这个男人现在站起来，"基奇说，"我现在就跟他走。"

"法官，别理她。"鲍伊说。

霍金斯的肚子里又传来了"咕噜咕噜"的声音。

小镇主街空旷宁静，彩色灯串照得街道一片亮堂。法院草坪上，一棵巨大的圣诞树点亮灯光，闪烁着绿色、红色和黄色。小镇边界处的标志上写着：距新奥尔良五百九十英里。

"你觉得我们明晚这个时候能到那里吗？"基奇问。

"嗯。基奇，我能想象，当那些大律师开始走进他的牢房时，那印第安人的脸会是什么样子。他这下确定，他是有朋友的。"

"你已经尽力了。"鲍伊转过头，朝她咧嘴一笑，"喂，你刚才听见'老风'肚子一直在'咕噜咕噜'叫吗？"

"我当时以为他会永远说下去呢。"

鲍伊说："我从未听过这么响的咕噜声，你就算站在外面街上也能听到。"

第二十二章

鲍伊和基奇来到新奥尔良时,一心想着租一套带家具的房子,但时间已经很晚了,他们也很累,所以他们就看了一套公寓。这套公寓配备了不少好东西,所以他们就直接租了。"殖民公寓"是一个经过改造的房子,和得克萨斯州西部的一个旧法院一样大。房子坐落在教堂林立的大街上,周围有棕榈树篱笆,被蔓延的棉白杨和黑胡桃树遮蔽,紫薇花挡住了窗户。

公寓的老板拉夫金太太身材结实,染着一头黑发,浑身散发着一股酿酒厂的味道。她自己并不打理公寓,她把这些事情都交给了丽贝卡。丽贝卡是个小个子黑人,镶有一颗金牙。他们从丽贝卡那儿得知了公寓里其他住户的情况：在大街上那所大学里教书的教授；大部分时间都在医院里工作的实习医生和他的护士妻子；住在楼上两套公寓里的四个女孩，她们都是大街上那所大学的学生。丽贝卡说，拉夫金太太一次要买五加仑威士忌，她每天晚上都为她祈祷。

客厅的天花板很高，即使鲍伊把基奇举起来，她也无法碰到那个抹了灰的圆顶。房间有一个又宽又高的壁炉，是用抛光花岗岩制成的，还有一个原木燃气热水器。过几天，他们去市中心大采购，会买一台收音机，打算放在书房的桌子旁边，还要买一盏珠光宝气的客厅灯，还要给厨房的桌子铺一块红格子布。

卧室地面铺着瓷砖，里面放着一张床和一个透明镜面的梳妆台。厨房也很小，但鲍伊说，等那个大储藏室里装满了吃的东西，就会好看多了。浴室和厨房一样大，热气腾腾的水从水龙头里喷涌而出。鲍伊说，现在她想怎么洗都可以了。基奇说，她想到当时在得克萨科的山上洗澡很麻烦。鲍伊说，他都想不通之前他们是怎么忍受得了的。

他们决定装一部电话，以后无论什么时候需要去杂货店买东西，或是其他购物，他们都可以让送货员把东西送到家门口。丽贝卡说，她每天早上都会去杂货店，也很乐意帮他们拿东西。鲍伊说，他们可以每周给她几美元，这样那个黑人老姑娘就会拼命帮他们干活了。除了丽贝卡和送货员，其他人不会看到他们，晚上他们还可以去郊区的电影院看电影。

基奇说，这一切最棒的地方在于，世界上没有人知道他们在哪里。她在信箱的插槽上写了名字：F.T.哈维兰夫妇。

当奇卡莫的审判在古谢顿开始时，鲍伊每天下午都在厨房里等着，听着报纸被扔到后门台阶上的声音。审判持续了三天，然后在第四天，鲍伊在《周日早报》上读到了审判结果：奇卡莫被判九十九年。

星期天早晨，基奇还躺在床上，鲍伊把报纸拿给她。"基奇，他赢了，"鲍伊说，"报纸上登了，他们不会电死他。"

"我很高兴。"基奇说。

"基奇，继续读，就在这里。"

"现在你感觉好多了吧。"基奇说。

"别以为他只是坐在监狱里，他其实脑子也没闲着，他不必为了逃避死刑而去杀人了。基奇，哪一天你要是杀了人，你都可以不用死。"

"现在你不用担心了。"

"去看看报纸吧，我来做早餐。今天早上我来做，怎么样？"

"好吧。"

到了十点，阳光穿过桃金娘和高高的窗户，在客厅的地毯和厨房的蓝色油毡上画出明亮的方格。鲍伊想，今天我不要被关在家里，我们要出去走走。基奇坐在梳妆台前，手里拿着一个卷发器。中国风的包装盒上画有黄色和红色的龙图案。

"基奇,我们今天出去走走吧?"

"去哪里?"

"对我来说,去哪儿都一样。我们走吧。"

"你想去大街上的那个公园散步吗?"

"该死的,你是我肚子里的蛔虫啊。"

基奇把卷发器放在梳妆台上,站起身来。"我一直想着白天去那边走走,我要穿我的灰色法兰绒西装出去。"

"我要穿那件双排扣的衣服,出去炫耀一下。喂,小士兵,你越来越壮了。"

基奇低头看了看自己的身体,又看了看自己的屁股。

"你胖了很多。"鲍伊说。

"你不喜欢吗?"

"我喜欢的。你可以长得跟谷仓一样大,我也会喜欢的。"

"好吧,这倒没什么问题。"

公园里大橡树的下半截横在地面上,仿佛向上生长的任务太重了。基奇说,枝丫上的灰色西班牙苔藓,就像胡须,显示着这些老树的年龄。他们绕树转了一圈,然后穿过平滑的球道,在草坪上飘扬的三角旗旁停了会儿,然后继续向潟湖走去。一对夫妇从他们前面走过,女人牵着一条长毛小猎犬,男人弯下腰系鞋带,然后小跑着追了上去。

"如果我养狗,我也想要一条这样的猎犬,"鲍伊说,"它们凶得很。"

天鹅在潟湖上滑翔,身后留下一条平滑的水线。在滴水的柳树弯处,一艘划艇驶来,船桨溅起阵阵水花;划艇上坐着三个女孩。船上写着"内莉"两个字,划船的女孩穿着棕色长裤和白色毛衣。天鹅游近岸边,鲍伊和基奇跳到岸边的草地上,看着女孩和船消失在下面的弯道处。

"你在想什么?"基奇说。

"我想到我阿姨,"鲍伊说,"她叫内尔。"

"你爸爸的妹妹?"

鲍伊摇了摇头。"我妈妈的妹妹,我们和她住过一阵子。我爸爸死后,我就去外婆家了,说来可笑,我居然开始想她。"

"她怎么了?"

"我也不知道。她以前经常在星期天下午来,会带一大袋红辣椒、甘草糖之类的糖果,你还记得那种糖果吧?"

基奇点点头,她伸手从鲍伊的绸袜子上拉下一根草。

"我想起当年那个和我一起到处跑的男孩。"鲍伊说,"你知道吗?我最后一次听说他时,他已经是俄克拉荷马大学的一名橄榄球运动员了。他之前就是个半吊子,我和他半斤八两。他爸爸是那个镇的财务,我不知道他为什么要在小巷子里跑来跑去捡破烂卖。那孩子比我见过的任何人都更淘气。我们经常去空房子里,把水管拆下来,把里面的铜和铅卖掉。我记得有一天,我们赚了八十美分,然后每人买了四个五美分一个的馅饼。那孩子口袋里总是有钱,他晚上会从他爸爸的裤袋里偷钱。"

基奇摘下一片百慕大草叶,开始咀嚼白色的根。

"我不知道自己为什么会想起他。他当时知道镇上发生的一切,所以有一天我去了镇边那些房子,红灯区。他说,那里有个女人,如果孩子们去那里,在后门闲逛,她看到了,会给他们五美分或一美元。"

在潟湖的另一边,马道上,奔跑的马蹄声响起。穿过树林,他们看到了女骑手们鲜艳的外套。

"我看到了她,但我想她至今都不知道那是我。当房子里的老太太开始大叫着让我们离开时,她走到后门,我看到了她。"

"看到谁了?"基奇说。

鲍伊看着她。"我阿姨,我刚刚跟你说的那个。"

"哦。"基奇说。

"不过她没有认出我。"

基奇靠在鲍伊的腿上,又捡起一根枯草,把叶面抚平。

那边,女骑手们又跑过去了,一路飞奔。

"这样骑也太难受了吧?"鲍伊说,"屁股上下颠簸,像那样?"

"嗯。"

鲍伊扭头指了指他们身后的高尔夫球场。"这个我也永远想不通,为什么有人会对打高尔夫球感兴趣。把那个小小的球打来打去,然后把它打进洞里。"

"有些人没有别的事可做,"基奇说,"不过,只要他们开心,倒立也行,我不介意。"

"我也不介意。"

他们沿着潟湖岸边走着,鲍伊停下脚步,指着那只在水中朝垂柳小岛游去的老鼠说:"那老鼠一定在那边给自己挖了个洞。"

"我不知道老鼠会游泳。"基奇说。

"那种老鼠可以。我知道有一种老鼠除了告密什么也做不了,它们是黄色的,有两条腿。"

"哦,"基奇说,"现在我懂了。"

"我可以告诉你一些关于那些男孩的事情,他们每天都惹麻烦,"鲍伊说,"他们喜欢在报纸上看到自己的名字。基奇,他们为了让自己的名字见报,什么事都做得出来。"

"说点别的吧。"基奇说。

"再说一件事,就一件。基奇,你有没有想过,最近报纸上再没见到过我们的名字了?自从因为那个该死的水管工,我们离开那该死的多雨山区之后,几乎什么都没有了。"

"只要你的名字别再出现在报纸上就行。"基奇说。

"基奇,假如有人来抓我们,当然我知道,只要我们一直保持警觉,就不会有这种可能。但是假如我们真的被追捕,你想去哪里?"

"我不知道。"

"你知道我想去哪里吗?墨西哥。不过,最好要有人知道如何越过边境,并在那里安顿下来。奇卡莫,他对那里的情况了如指掌。"

"好吧,奇卡莫不在这里,他也不会来这里。"

"我知道。亲爱的,我刚才只是说说。"

一对情侣手牵手走过窄窄的小桥,鲍伊和基奇走到一旁,给他们让出一条通道。女孩穿着一件白色丝绸连衣裙,男孩的黑发又长又卷,垂到他的脖子上。下桥时,男孩伸出手臂,用胳膊搀扶着女孩。

鲍伊继续说:"光看这个,就知道他们还没有结婚"。

"你怎么看出来的?"

"我猜的,他握着她的手,好像她要掉下桥似的。"

"你真聪明。"

"我能注意到小细节。"

"要是他没扶她,她可能真的就摔下去了。不管结没结婚,反正女孩们都喜欢那样。"

鲍伊看着她。"嘿,你想让我像这样牵着你的手吗?"他伸出手,基奇的手一挥。"你就自己留着吧。"她说。

"亲爱的,怎么了?我做错什么了?"基奇转过身来,"我们回家吧。"

"亲爱的,怎么回事?我做错什么了吗?"基奇开始往回走,他追了上来,和她并肩而行。在公园出口处宽阔的石拱门附近,一群男孩正在玩室内球,身上胡乱披件衬衫。鲍伊让基奇等一下,他们站在那里,看了一会儿。

太阳下山了,空气像冷冰冰的羽毛般触碰着他们的身体。大街上一片寂静,然后,路口的绿灯亮起,大街上,等待着的汽车纷纷启动,齿轮发出刺耳的摩擦声,然后,又像疾驰的火车般驶过。

"我最近一直想起迪·达卜,"鲍伊说,"我觉得那姑娘真是个傻瓜。但你知道吗?他们就像两个孩子一样,向我展示了结婚证。"

"我第一次听说这件事。"基奇说。

"我不是跟你说过吗?他们俩就像两个孩子,拿着那个结婚证到处给人看。"

"我猜这对他们很重要。"

鲍伊看着基奇,一缕松散的卷发在翻起的衣领上晃动。"我想是的,"他说,"他们俩就像两个孩子。"

一辆有轨电车呼啸而过,电车上的吊杆突然弹起。透过车窗,他们看到车里密密麻麻地挤满了人。走到十字路口,鲍伊拍了拍基奇的胳膊,两人一起下了人行道。

"基奇,你愿意嫁给我吗?"

她抬头看了看他,又看了看前方。"我不知道我是否会这么做。"

"你这话是什么意思?"

"如果你心里就是这么想的,写不写在一张纸片上,又有什么区别呢。"

"我也是这么想的,写不写下来有什么区别呢?再说,你不会不知道,你已经嫁给我了吧?"

基奇又抬头看着他。"什么?"

"基奇,这是法律,真的。如果你在公共场合三次介绍一位女性为你的妻子,那么你就像有位太平绅士和九位牧师为你证婚一样结婚了。真的,这是法律,你不能回避它。"

"我之前不知道。"

"现在,你和我在一起了。难道老脏鬼麦克纳斯不是这么认为的吗?还有拉夫金太太、丽贝卡和任何看过那个邮箱的人,不都是这么认为的吗?"

"这我还真不知道。"

鲍伊说:"你不能否认,这是法律。"

到了下一个十字路口,他抓住她的胳膊,一路拉着她回家了。

第二十三章

几天来，基奇一直感觉不舒服。今天早上，她抽了一根烟后，觉得胃不舒服，不得不躺下。鲍伊在厨房冷水龙头下拧了块湿毛巾，敷在她的额头上。

虽然只是五月，但湿热的天气就像七月里的牢房，热得他喘不过气来。鼻孔堵塞，汗从鬓角流过脸颊。他说，也许是天气太热了，还有气候的变化，才让基奇不舒服。他们最好去镇上找个医生看看。基奇说，不用了，她只是抽了太多的烟，过一两天就会好的。

午前，基奇想吃冰激凌，橙子或菠萝味的。鲍伊说送货员可能要一个小时才能到，他还是自己走到杂货店去买，这样她饿的时候就能吃到。

杂货店前的报架上有一份午报,鲍伊拿起报纸走了进去。卖饮料的店员坐在桌旁,旁边还坐着两个女人。鲍伊走到喷泉边,摊开报纸,开始浏览各个标题。

卖饮料的店员双手掌心朝下,按在摊开的报纸边上,鲍伊抬起头来。"一美元的橙子和菠萝冰激凌。"他说。

在这个标题中,"监狱农场"几个字显得特别大,鲍伊开始阅读下面的内容:

得克萨斯州宾汉姆,5月29日——昨天下午,温克福德县副警长奥斯卡·邓宁经过六百五十英里的行程后抵达这里。但他还是晚了半个小时,没能抓到活着的阿莫斯·阿克曼。阿克曼因蓄意袭击他人而服刑五年,昨天下午两点半,阿克曼被狱警开枪打死。

本来邓宁副警长计划将阿克曼送回温克福德县,让他在那里的谋杀案审判中出庭作证。

阿克曼是一名砍棉队的成员,他被派往距离监狱两英里的地方去拿工具,途中他越狱了。监狱官员表示,他们进行了搜查,在警犬的带领下,在农场附近的一堆灌木丛中找到了他。但因为无视命令,他被警卫击毙。

农场官员宣称,阿克曼越狱是一个人的行为,没有其他囚犯参与。农场队长弗莱德·斯塔默斯下令今天开始采取额外的预防措施,防止越狱。现在农场里有几个亡命之徒,包括上周从州立监狱转来的银行劫匪埃尔莫·莫布里。

外面,阳光照在脸上,像剃须水一样刺痛着鲍伊的脸,膝盖骨像装了干海绵似的难受。他快步离开了。

浴室里的水汩汩作响,鲍伊走了进去。基奇坐在装满水的浴缸里,头发打了个结,水流轻轻拍打着她的乳房。

"亲爱的,感觉好点了吗?"鲍伊问。

基奇的长睫毛贴着湿漉漉的脸,身上散发着一股清新的肥皂味。"你手里拿的是什么?"她说。

"报纸。"

毛巾上的肥皂泡慢慢变少。"写了什么?"

"没什么,他们把他关到那个该死的农场去了。"

"奇卡莫?"

"是的。"

基奇转过身,看着喷涌的水龙头,然后弯下腰,拧紧了水龙头。

鲍伊说："那个农场不是人待的地方，他撑不过六个月的。被送到那个农场去的都是他们想除掉的人。只要你是一个人，你就撑不过。"

基奇把肥皂和毛巾放回架子上，然后拔出浴缸的塞子，里面的水开始"咕咕"地流出来。

鲍伊取下浴垫，平整地铺在浴缸旁边的瓷砖上。"现在是砍棉花的时候，你知道他们怎么对待那些男孩吗？像赶马一样把他们赶到外面，用马刺踢他们，用树板打他们。他们会死在田里的，一天死五个，报纸上都登了。"

"那你也没办法。"

鲍伊扶她跨过浴盆边，把毛巾披在她肩上。

"可以做点什么！"他说。

"比如？"

"只要想做总归可以的。我可以一个人去那里，开着车，带着机枪，把那个该死的农场扫荡一空。那些该死的警察和报纸，天天叫我头号这个，头号那个，我就让这些家伙见识见识。如果我真想伤天害理，就不会天天坐在这里无所事事了。"

基奇把家居服围在腰间。"你这叫无所事事吗？"

"亲爱的，我不是说我们俩。不过，我觉得我们必须多出去走走了，享受一下。去那些法国区夜总会什么的，喝点小酒，好好玩一玩，我们总是从收音机里听到这些夜总会之类。"

"我们可以稍微出去走走。"基奇说。

"一直不出门,所以你身体感觉不舒服啊。"鲍伊说。

"一直这样关着,谁都会不舒服的。"

"我们可以出去走走,但我觉得喝酒没什么用。"

"我们可以喝啤酒。"

"喝啤酒应该没问题。"

"在那些地方,你必须喝酒,你不能在那些地方光坐着,这样会显得很傻。"

"如果你不进去拿拖鞋给我,我脚就脏了,"基奇说,"拖鞋在卧室左下角的抽屉里。"

鲍伊拿着拖鞋回来了,那是一双红毛毡配黑毛皮的拖鞋。"我刚记起来,我在那家杂货店没付报纸钱,只付了冰激凌的钱,那些人肯定以为我想白看报纸。"

夏特尔街上有一家带法式阳台的二手店,门前的树荫下,并排停了几辆车,鲍伊坐在车里等基奇。基奇在运河边那家大百货公司里,买晚礼服、凉鞋和披肩。他们今晚打算盛装出门。

鲍伊转过身,看了看后座上那些包装盒。长盒子里装着一套白色亚麻西装,圆盒子里装着一顶巴拿马草帽,另一个盒子里装着白色牛津鞋和淡蓝色袜子。今晚，他一定要打扮得漂漂亮亮的。他有一件蓝色衬衫和一条黄色领带，就像奇卡莫以前穿的那样。

他停车的那条街是他所见过的最窄最古怪的一条街。古董店前摆着旧椅子、货摊和花瓶，看起来一打都不值十美分；远处的窗户上挂着各种油画；街角有一家酒吧：老街港。一个男人跌跌撞撞地从旋转门里走出来，穿着一件白色棉衬衫和褪色的蓝色牛仔裤，摇摇晃晃地站在那里。

鲍伊想，如果她还不出来，我就躲进那家酒吧去喝杯啤酒。女人做事的时间通常比男人长得多。但他太不像话了，让她落魄到连件像样的衣服都没得穿的地步。她还不如找一个鞋店店员或跛脚警察，而不是一个几个月内在得克萨斯州赚了将近三万美元的人。

那个醉汉朝鲍伊的车走来。他的衬衫上沾满了青草，撕裂的袖子上露出一个纹身。他咧嘴笑着："老弟，你能给我一点钱吗？老哥们需要喝一杯。"

鲍伊说："我给你二十五美分，把臭脸移开。"他把硬币放到了他掬起的手里。

"我今天早上刚出来，""臭脸"说，"蹲了三十天，我受够了。"

"管你几天呢，"鲍伊说，"快走。"

"臭脸"向酒吧走去，他的双手像摔跤手一样张开，消失在里面。

海滨方向传来拖船汽笛的呻吟声。

鲍伊想，为什么不能找一个小偷律师，让他写一张逮捕令呢？戴上警长徽章和一顶大帽子，他就可以到监狱农场里去，出示逮捕令，想带走谁就带走谁，那些农场队长和老板们只看逮捕令啊。

此时，一个头戴贝雷帽、身穿金色短裤的男人在油画橱窗前停下了脚步。他遮住前额，紧贴着玻璃，挠了挠大腿。

鲍伊心想，这样做肯定没问题的。只要说自己是来自埃尔帕索附近某个西部偏远县的，扮成是警长的样子，亮出警徽就行。警长和副警长们每天都会去那些农场提人的。

基奇绕过其他行人，朝汽车走来。鲍伊推开门说："我以为你买东西的地方还在排长队。"

"他们在五点前才把东西搬出来，"基奇说，"出来了真舒服，和那些女人挤在一起，让我浑身起鸡皮疙瘩。"

"女士，你能给一个没吃过东西的人一点钱吗？"是"臭脸"，他的脸挡住了车窗。

"滚远点。"鲍伊说。

"女士，你能给我一点钱吗？"

鲍伊用脚推开了他那边的门。"鲍伊，"基奇喊道，"鲍伊！"

鲍伊抓住"臭脸"的衣领，一脚把他踢到座位上。衣领在他手里扯破了,他又踢了一脚。"如果你不想头破血流,就从这条街上滚开,你这个混蛋。"

"臭脸"在人行道上跑走了。戴贝雷帽的男人和站在二手店门口的两个人都哈哈大笑。

鲍伊咧嘴笑了。"鲍伊,快上车。"基奇说。

鲍伊上了车。"应该好好治一治那样的烂人。"

"你别再自作聪明了。"基奇说。

他们开车离开。鲍伊说:"他肯定还会喝下一杯的。"

灯光闪烁,一对对情侣随着跳动的音乐翩翩起舞。在低矮的天花板下,在桌子之间,鲍伊和基奇坐在淡紫色的黑暗中。墨西哥音乐家正在演奏乐曲。鲍伊的食指在灰色桌布上敲着节拍,基奇把一根烟摁灭在烟灰缸里。她说:"你很喜欢西班牙语音乐,是吗?"

"墨西哥人爱跳舞。"

"我也喜欢。"

"不过,我觉得舞蹈没什么好看的,你觉得呢?"

"我从来都不喜欢跳舞。"

鲍伊摸了摸磨砂啤酒杯。"我觉得这很傻,屁股扭来扭去的。你看那边的那个'四眼',跟穿蓝色裙子女孩在一起的那个。他那副样子,太明显了吧。"

基奇端起酒杯，抿了一口泡沫已经消散了的啤酒，放下杯子说："墨西哥姑娘跳舞的时候，你也这样的呀。"

"我做了什么？"

"你甚至都忘了给我点烟。"

"我不记得了。亲爱的，我现在是说外面那种舞。"

服务员过来，端起鲍伊喝空的酒杯。他的衬衫前襟是灰色的，很光滑，手指关节就像一串核桃。"再来点啤酒？"他问。

鲍伊看着基奇。"要不要试试烈一点的？威士忌？"

基奇摇了摇头。

"再来两杯啤酒。"鲍伊说。"核桃"走开了。

乐队仍在演奏，情侣们的腿踢得更快、更有力了。鲍伊用烟灰缸敲着啤酒杯。"基奇，我不介意去那个国家。你知道吗？很多家伙都去过那里，而且都很喜欢，去了之后拉都拉不回来。"

基奇说："我不知道自己是否喜欢和一群外国人生活在一起。"

"我告诉你，有一个人对那个国家的情况了如指掌，他就是霍金斯法官。如果是他不知道的，那书上也找不到。"

"那个人。"

"我听说在那里可以生活得很好。我们俩靠这些钱，可以在那里隐姓埋名。两三年后，我可以去煤矿找工作，我不知道那时候我们会怎样，但这是个好主意，基奇你说呢？"

基奇用手指抚摸玻璃杯，但没有拿起来。"也许是挺好的。"

"最了解情况的其实是奇卡莫。如果他在，我们今晚就可以出发了。他坐在后座上，拿把 .30 的枪，墨西哥军队根本无法阻止我们。只要懂行，就可以轻而易举地越过边境。"

基奇站起来，从椅背上扯下她的包，说："我们回家吧。"

鲍伊抬头看着她。"亲爱的，为什么？我们在这儿待得很不错啊。"

"我受够了。"基奇说。

音乐停止了。鲍伊慢慢站了起来。"你又不舒服了吗？"

"是的。"基奇说。

情侣们开始休息，过来在桌子边吃东西，椅子被拉来拉去，在他们周围刮擦。鲍伊向"核桃"招了招手。

第二十四章

鲍伊拿起一支灌满墨水的钢笔,在桌上的碎纸片上试了试笔尖,这支能写出来。旋转门发出"嗖嗖"的摇晃声,鲍伊看了看,是个黑人。他穿着门卫的制服,怀里抱着一捆文件和信件。黑人的皮鞋踩在瓷砖上发出"噼里啪啦"的响声,在空荡荡的大楼里发出回响。

尊敬的霍金斯先生:

随信附上两百美元。我想让你帮我弄一张法官逮捕令,把埃尔莫·T.莫布里从宾汉姆监狱农场提出来。逮捕令最好从贝卡斯郡签发,上面印章齐全。此外,我还想要一个警长徽章。

一扇门又嗖嗖作响。一个戴草帽、穿泡泡纱西装的人把信投进了投信口,然后门"砰"的一声关上了,又只剩下鲍伊一个人了。

我希望你把这些东西准备好,我随时会去找你,所以越快越好。我是圣诞之夜去找你的那个人。

此致敬礼

圣诞之夜

附:拿到后会再给你一百美元。

鲍伊封好信封,并拢手指,拍了拍封口,然后走过去把信扔进了投信口。

走到人行道上,他停下脚步,看着车门上崭新的金色漆字。

阳光公司产品代理人F.T.哈维兰。

鲍伊开车绕过圆环,然后驶出圣查尔斯大道。他想,我很可能永远也见不到那个法官,那封信也只是试一试,万一能成呢?但如果我不把这个问题解决掉,我就会一直想下去。这就像买保险一样,只能向前看。

房间里有其他人,鲍伊把手从把门上收了回来,侧耳听着。脚步声靠近门口,门开了,是拉夫金太太,满身酒气混杂着香水味。"你好,哈维兰先生。"

"你好。"透过门缝,他看到基奇坐在沙发上。她看起来还好。

"最近天气有点暖和啊。"拉夫金太太说。

"太暖和了。"鲍伊说。他从拉夫金太太身边挤过,走了进去。

"再见。"拉夫金太太说。

"再见。"基奇说。

鲍伊关上门。"那个老婆娘来这儿干什么?"

基奇站了起来。"她想让我们搬家。"

"为什么?"

"有个教授想要租一年,她说她知道我们不想长租的。"

"你不觉得她觉察什么了吗?"

基奇摇了摇头。"应该没有。"

"我们该怎么办?"

"没办法,除非你想付她一大笔房租。"

"那就见鬼了,我已经准备好离开这个热垃圾场了,我不明白为什么其他人会想要来这里租。"

"这里有很多地方。"

"当然，我不担心。"

基奇滑到长沙发上躺下。"你拿到车上的标志了吗？"

"亲爱的，你应该看看，车子两边都有。我让那个家伙做的，就是那天下午我们在广场上看到的那个家伙，留着耶稣基督胡子的那个。我们早就应该这么做了。"

"我以为你再也不会回来了。"他走过去，坐在沙发上，摇晃着她的脚趾，"他花了很长时间才做完。"

"发生什么事了吗？"

"什么都没发生。"

吃完罐头汤和饼干的晚餐后，鲍伊和基奇看了看路线图。这张地图覆盖了整个美国，并用鲜艳的草图隔开了各个地区：得克萨斯州的牛群，俄克拉荷马州的油井，堪萨斯州的麦田。

鲍伊说："这么多地方，看起来好像很容易选，但我不知道该去哪里。"

"我们不必离开新奥尔良。"

"亲爱的，这里太热了，我受够了这个城市。"

基奇指了指得克萨斯州西南部说："我们以前住的地方就在那附近。"

"那是另一个你不能拖我去的地方。"鲍伊说。

"得克萨斯州的其他任何地方都可以。"基奇说。

鲍伊指了指墨西哥湾。"基奇,你见过大海吗?"

她摇了摇头。

"我也一样。我快三十岁了,但从来没有见过大海,你能想象吗?你想住在海边吗?"

"听起来不错。"

鲍伊把地图折叠好。"我们有的是时间,太快做决定永远不会有好结果。我们还有几个星期的时间,到那时我们就会知道我们到底要去哪里了。"

"当然。"基奇说。

基奇又一次在睡梦中呜咽,这次鲍伊坐起来看着她。在透过桃金娘和纱窗的月光下,他看到她的嘴像孩子一样噘了起来,又呜咽起来。一只蚊子在鲍伊耳边"嗡嗡"地唱着歌,他用手在基奇的头上挥了挥。她现在安静下来了,他慢慢地回过身来,不时地把手放在她的头上。

他想,这是疟疾。传播疟疾,这些该死的蚊子。

基奇抽泣起来。哭声干涩,喉咙发干。她翻了个身,脸朝着窗户,安静地躺着。蚊子唱起了歌,他站起来疯狂地扇风。

厨房传来时钟的嘀嗒声,大街上一辆汽车呼啸而过,钟声被盖住了,之后又"嘀嗒嘀嗒"地响了起来。她是在安特洛普中心买的时钟,那天还买了所有要带的东西；还有一大袋爱尔兰土豆，但他们忘拿了，还剩四分之一。

基奇呼吸急促，像喘不过气一样。他把手放在她的肩膀上，轻轻地摇了摇："基奇，基奇。亲爱的，怎么了？"她抬起头，睁大了眼睛，问："这是什么？"

"鲍伊？"

"亲爱的，你不舒服吗？"

"是什么？"

"亲爱的，你受伤了吗？哪里疼吗？"

基奇把头放回枕头上。"我很好。"

"你一定是在做梦，做噩梦了。"

她不出声。大街上响起了汽车喇叭声，一辆有轨电车开过来了。

"基奇，你一直在睡梦中哭泣。"

"我做了一个梦，我猜是因为那个梦。"

"是什么梦？"

"算了，不说了，我没事了。"

有轨电车戛然而止，停在了房子前面，"咔哒"一声又开动了。

"你是不是梦到自己从什么东西上掉下来了？我梦见过。我手里的枪断了。我梦见我喊了爸爸一百次，但他一次都没听到。"

"我梦见你走了。"基奇说。

"我?"

"现在没事了。继续睡吧,不然你明天早上会累坏的。"

"我去哪儿了?"

"我不知道。你刚走,然后我去找你,但我找不到你。"

"好吧,你没跟我一起,去任何地方对我来说都没有危险。"

"你昨天进城了。"

"不,那不一样,我指的是任何地方。亲爱的,看起来你要和我同行。"

"同一条路?"

"确实是。"

"鲍伊,你想要这样吗?"

"是的,我想要这样。亲爱的,但有时我会考虑到你。"

"这就是我想要的,鲍伊,你要一直记得。"

鲍伊双手一拍,打蚊子。"那只该死的蚊子一直在骚扰你?"

"我没注意到。"基奇说。

"你现在困吗?"

"不,我现在很清醒。"

一辆有轨电车"轰隆隆"地驶过,很快就变成了遥远而微弱的"嗡嗡"声。

鲍伊说："我一直在想我们能去哪儿，这让我很担心。"

"有很多地方可去。"

"你知道，我刚刚决定我们要去墨西哥。要是我知道那个该死的国家如何进出就好了。我可能会因为没有给那些哥们打气而自责，但这没什么。基奇，在没离开这个国家之前，我不会真正放下心来。"

"我们可以去墨西哥。"

"要是我了解那里边境的情况，认识奇卡莫告诉我的一个小偷官员就好了，比如那个老霍金斯，我不知道去找他是不是一个好主意。"

"不能找他。"基奇说。

"为什么不行？"

"还有很多其他人了解墨西哥。"

"谁？"

"我不知道，但有很多。"

"但是谁呢？"

"很多人了解。"

"但是谁呢？基奇，这样说没用。随便找一个人，他就会告诉我们所有的内幕？你知道，我不是一个普通的游客，也不是这个州的州长。"

"别自作聪明了。我要告诉你的是，你在得克萨斯州没有事，也没有任何人认识你。"

鲍伊在空中挥舞了一下双手,说:"我只要两秒钟,就能把这只蚊子打趴下。"

外面吹来一阵风,拂过纱窗的桃金娘的叶子,发出"沙沙"的响声。

"鲍伊,你真的想去墨西哥吗?"

"我只知道能去墨西哥。"

"你觉得霍金斯真的能帮忙吗?"

"我不认识其他人。当我提到他的时候,你会不高兴。我给他去了封信。"

"什么时候?"

"做车上标志的那天。"

"你是说昨天?"

"是的。"

"你为什么不告诉我?"

"我昨天没说,我现在告诉你了。"

"你写了奇卡莫吗?"

"是的。"

基奇坐了起来。

"基奇,别闹了。亲爱的,我真担心死了。"他坐起身来。

基奇下了床。"你不用再说了,我只想知道这些。"

"喂，基奇，你要去哪儿？"

"这跟你有关系吗？"

"喂，基奇，过来，亲爱的。"

"到底是谁，鲍伊？现在就决定吧，一劳永逸。到底是谁，奇卡莫还是我？"

"当然是你啊。如果不是你，我早就去农场了，从头到尾清理一遍，把他带出来。基奇，我现在知道你的感受了，我慢慢地就明白了，你一直是我的小士兵，我对你是认真的。"

基奇打了个寒战。

"亲爱的，但凡我对你有用，我就会和你待在一起。我跟你直说吧，我之前心里有鬼，我承认，但都过去了，就是这样，基奇，我只能说到这儿了。"

基奇低下身来到床边。"你真的想问那个律师怎么去墨西哥吗？"

"我们刚才聊天的时候？……是的，我是认真的。"

基奇拿起褶皱的床单边缘，晃动着，床单拍在鲍伊身上，发出"哗哗"的声响。基奇把它叠到自己的一侧，钻到它下面。

"你觉得只能找这个律师了吗？"基奇说。

"基奇，这都由你决定。"

"你想什么时候去？"

"你定吧。"

"明天？"

"可以。"

厨房里的时钟又开始滴答作响了。一辆卡车驶过窗边狭窄的街道，接着传来牛奶瓶在铁皮架上"咔嗒咔嗒"的声音。月光消退了，卧室里一片黑暗。鲍伊抬起头，听着基奇均匀的呼吸声。她睡得很香。他向后退了退，躺了一会儿，然后小心翼翼地抬起脚，又挠了挠被蚊子叮咬的地方。

第二十五章

月光亮得刺眼,放射出六道像木板一样宽的光束。月光让基奇的眼窝看起来更深了,遮住了她脸上从颧骨到嘴唇的线条。车停在公路旁的小路上,她坐在车里,闭着眼睛,头靠在椅背上。

鲍伊站着,一只脚搁在踏板上,再次望向麦克马斯特斯的灯光,在清澈的空气中,灯光像油灯一样金黄。日落后不久,他们在这里停了下来,决定最好等到十点左右过去,这样确保霍金斯会在家。

"亲爱的,感觉好些了吗?"鲍伊问。

"我想喝点冰镇饮料,"基奇说,"如果能喝上冰镇汽水,我会感觉好很多。"

"我们去加油的时候就买,第一件事就是买汽水。我真希望我们之前在路上停了下来,但当时有很多警察在附近闲逛。"

"我不喝也行。"

鲍伊绕过车头,坐到驾驶位。"我们走吧,"他说,"这漫长的等待真让人受不了。"

左侧城市边界的霓虹灯上写着:阿拉莫广场法院。霓虹灯的前面是一个加油站,后面是一个白色框架结构的平房。加油站棚子下的长椅上坐着一位老人,正舔着甜筒冰激凌。鲍伊把车转了进来,老人见状站起来。

"加满。"鲍伊说。他走到那只巨大的木制冰柜前。

纱门的弹簧发出"呜呜"声,鲍伊抬起头。出来的女人是玛蒂,她比以前更胖了。"你好。"玛蒂说话时,牙齿上露出一颗金牙。

"你好。"鲍伊说。他从冰水里捞出一个瓶子。

"路过吗?"玛蒂说。

鲍伊用头指了指在水泵旁拿着水管的老人。"爸爸。"玛蒂说。"只是路过。"鲍伊说。玛蒂看了看车里的基奇,鲍伊猛地一拧瓶盖就往回走。

"那是谁?"基奇问。

"迪·达卜的嫂子。"她从他手里接过瓶子,他说,"汽水很凉。她是个好人。"

223

"我们出发的时候我再喝。"

"喝吧,亲爱的,我会买很多的。"

玛蒂为鲍伊掀开冰柜盖。

"这里一切都好吗?"他问。

"挺好。"玛蒂说。

"你丈夫怎么样?"

"还在里面。"

"太糟糕了。"鲍伊在瓶子堆里不停地翻。

"可乐在最下面,如果你找可乐的话。"玛蒂说。

"最近我在这里的热度如何?"鲍伊说。

"你可以去更好的地方。"

玛蒂的爸爸把水管挂在架子上。"你的油怎么样?"他说。他的声音尖得像单簧管的破音符。

"好了。"鲍伊说。他付了玛蒂油钱。

"保重。"玛蒂说。

"你也保重。"鲍伊说。

林荫大道上的空气干净而凉爽,大路尽头就是霍金斯的房子。

"亲爱的,你不喝吗?"鲍伊说。

"现在不喝。"

"怎么了？"

"我担心有事会发生。"

"别这样，亲爱的。"

"我最好在后面躺一会儿，这样会感觉好些。"

鲍伊把车停在路边，下了车，把基奇扶到后座。他接过她的外套，盖住她的脚，又回到方向盘前，继续开车。

霍金斯家门口停着四辆空车，教堂里一片黑暗。

"鲍伊，那些是什么车？"基奇问。

"亲爱的，你现在就躺下吧。"

"我感觉好多了，你觉得上去没问题吗？"

"你翻个身的工夫，我就回来了。你现在别紧张。"

门廊的木板在鲍伊的脚步下吱吱作响，他敲了敲门。在半开的百叶窗下，他只看到牌桌旁的男人们的裤腿。

门开了，出来一位穿着黑色连衣裙的中年妇女，裙子上方配着一条白色蕾丝领。"法官在吗？"

"嗯，在，你要进来吗？"

"我就在这里等吧。"

那个女人犹豫了一下。"请问您是？"

"叶先生，就说是叶先生。"

鲍伊透过窗户看见她的双腿朝里面移动。牌桌动了一下,门口传来了脚步声。

门廊上的灯光顿时倾泻下来,霍金斯穿着衬衫,右手拿着烟斗。他迅速伸手关灯,门廊瞬间又黑了。"等一下。"他说。门又关上了,鲍伊紧紧抓住腋下的枪托,从台阶上退了下来。

门又开了,鲍伊回到门廊上,接过信封。信封很重,他摸到了徽章的别针。

"现在很忙?"他问。

霍金斯朝窗户点了点头,轻声说:"有客人在。"

"我想去墨西哥。"

霍金斯摇了摇头,说:"孩子,这个我帮不了你,治安官在里面。"

"好吧。"鲍伊说。

他向汽车走去,鞋跟踩着人行道,发出"哒哒"的声音。我答应再给他一百美元的,见鬼去吧。他只是太忙了。反正我也不需要这该死的家伙了。基奇在哪里?

她脸朝下躺在座位下,左臂弯曲得像断了一样。"基奇,"他说,"基奇。"她瘫软又沉重,"基奇,亲爱的,宝贝,基奇。"她的牙齿咬得紧紧的,他都听不到她的呼吸声。他把她扶到座位上,回到前面,手握着换挡手柄,不住颤抖。

玛蒂的爸爸推开长椅走了过来。"有空房间吗？"鲍伊问。

"先生，你想要多少价位的？"

"都可以。"

"有一美元的，也有——"

"刚才在这里的那个女人在哪里？"

"你是说我女儿吗？她……"

"她在哪里？"鲍伊开始下车，隔板门的弹簧发出刺耳的声音，然后玛蒂来了。鲍伊说："我要个房间。"

玛蒂绕到院子里，鲍伊开车跟在她后面。她指了指在远处角落里的小屋，鲍伊把车停在小屋前面。玛蒂走进去，打开了灯。

鲍伊把基奇放在床上，把裙子拉直，盖住她的膝盖。她面容枯槁，纹路深刻。隔板门半开着，玛蒂站在门口。

鲍伊说："我不知道怎么回事。"他从床脚拿起一条毛巾，走到水槽旁，打开水龙头。"我不懂，玛蒂，去找个医生吧，快去叫医生来。"

他开始给基奇洗脸。"看在上帝的分上，玛蒂，快去。"玛蒂走了。

他又把那条湿漉漉的毛巾放在流水下，拧回去，擦她的后颈，压在她的衣领下，放在她的胸口。"来吧，小士兵。让老鲍伊看看，你肯定有这个本事的，你肯定有……"

她的身体颤抖了一下，然后张开嘴唇吸了一口。"那是一个女孩，一个女孩。"她睁开眼睛，头左右移动，然后突然看着他。"你见到他了吗？"她说。

"一切都很顺利，别担心，一切都好。"

"我很高兴。"她的嘴扭曲着，伸手抓住鲍伊的手，"我有点不舒服，鲍伊，但我不想告诉你。"

"别担心，亲爱的。医生马上就来，别担心。"

基奇闭上眼睛，鲍伊拿干毛巾擦了擦她的脸，脱下她的鞋子。"我很高兴。"她说。音调很低，像是在说梦话。

鲍伊坐在院子中央鱼塘的边沿上，透过小木屋半拉起的百叶窗，看着医生。医生是一个穿着棕褐色西装的小个子。我该待在里面的。那个医生脑子里想的应该是病人，而不是罪犯，都是那个玛蒂，他想。

汽车的灯光照亮了院子。玛蒂的爸爸转过身，汽车跟在他后面，那是一辆老式汽车，车厢里装满了踏板。它一直开到院子里的另一边。

鲍伊大声说："我就是无法释怀。"

小木屋的门打开了，一束光洒在草地上，玛蒂走了出来。鲍伊走向她，问："医生怎么说？"

"她没什么问题，就是怀孕了，"玛蒂说，"我应该早点告诉你的。"

"谁说的？"

"医生，不过谁都看得出来。"

鲍伊看着半拉着的百叶窗发出的光。"我不想再卷入这件事了。"玛蒂说。鲍伊没有回答。他走向小木屋,里面散发着甘草和止痛剂的气味。

医生的嘴上有一撮小胡子,眼睛下垂。"保持安静,让她仰卧休息就可以了,会好起来的。我已经给她吃了药,她会睡很长一段时间的,主要就是要休息。"

基奇的胸部随着均匀的呼吸上下起伏。鲍伊说:"她睡得很沉,确实很累。"

"这样最好了,"医生说,"我在桌上留了一点药,明天如果她还疼的话,你就给她吃。她可能会睡一段时间,即使她醒了,很可能又会马上睡着。"

"她肯定会睡觉的。"

"如果有需要,就打我电话。"医生说。

"当然,医生,我会的。"鲍伊坐在水槽边的椅子上,在黑暗中,看着基奇的身影,听着她的呼吸。他站起身来,摸了摸她伸直的手臂,把它拿起来放在她的胸前,然后离开了房间。

玛蒂走了出来,和他一起走进一侧的阴影深处。鲍伊说:"那个女孩不能动。"

"我不希望这里出什么事,"玛蒂说,"我已经尽力了。"

"如果是钱的问题，别担心。"

"我不要你的钱，我只想让你们离开这个地方。"弹簧"吱呀"一声，玛蒂转头就走了。

"等一下。"鲍伊说。玛蒂停了下来。"你听我说，"鲍伊说，"你和我一样，我们都是小偷，所以我叫你别烦我时，你就别再烦我。她不能动，如果有人不喜欢，那就大家都完蛋。"

玛蒂走开了。

基奇没有动。他掀开百叶窗，一束月光钻进来照到她的双脚。他把百叶窗拉下来，脱下她的袜子，把床单盖在她的腿上。

院子里一片寂静，鲍伊的耳边响起了越来越多的蟋蟀叫声。那个卑鄙的霍金斯，两面派的王八蛋。

要是那个印第安人在就好了，那一口白牙的印第安人。小士兵，这事不能耽搁了。他们会抓住我的，这群卑鄙无耻的家伙。

水槽的水龙头在滴水，他站起身拧紧了水龙头。

姑娘，我们得尽快找到合适的地方，没有什么如果但是的。我已经浪费太多时间了。

小士兵，你现在有别的事要考虑，老鲍伊已经不那么重要了。但他们不能把你怎样，基奇，别让他们得逞。

他手指间的火柴掉落在地板上。他看看她，她一动也不动，他又吸了一口气。亲爱的,你太累了,要到明天才能醒来。

基奇,如果奇卡莫在这里,我们就能打败他们。他是我们在这世上唯一的朋友。你可能不知道,基奇,但我知道,亲爱的,他是这世上唯一能帮助我们的人。我俩一起走,必须找到一个安全的地方安定下来。尤其是现在,基奇,你不能走太远,我们就去那个墨西哥。这个世界上只有一个人能把我们带到那里去。

夜里,不知哪里传来狗叫声。

基奇,你说,我跑一百二十英里,可不可能在明天早上七点赶到农场,然后把奇卡莫救出来?亲爱的,你肯定一直在睡觉,什么都不知道,但等你醒来,我已经回来了,奇卡莫也会跟我们在一起。然后我想看看谁能阻止得了我们。亲爱的,两天后,我们就能到墨西哥。基奇,我们可以深入墨西哥腹地。

狗又叫了起来。

好吧,没用?会失败?好吧,小士兵,你现在有其他人要考虑了。老鲍伊不在也没什么。没有人能把你怎么样,基奇,他们不能给你乱扣帽子,你所做的也只是跟我私奔。基奇,你说它会失败?好吧。

鲍伊站起身,扣上大衣扣子。

高高的铁丝网围栏中嵌着一个木制拱门,上面写着:宾汉姆监狱营地。鲍伊下了公路,朝营地开去。灰色道路两侧是嵌着石头的花床,散发出甜豌豆的味道。

那个就是办公室,一座低矮的砖砌建筑,前面有一根空旗杆,后面是长长的兵营式房子,石头地基被粉刷过,再后面还有谷仓。

鲍伊下车时,一个穿着白色囚服的人抬起头,他刚才正跪在地上,用手掰着玫瑰丛周围的土块。当鲍伊朝办公室门廊走去时,他低下了头。鲍伊看到两个穿着卡其色制服的人坐在椅子上,腰间系着子弹带,旁边放着猎枪。

"你好。"鲍伊说。

卫兵们的脑袋动了动:"你好……你好。"

鲍伊指了指门廊阴影下的那扇门。"斯塔默斯队长在吗?"

两人点了点头。

鲍伊闻着消毒水的味道走进来,高高的书记员办公桌上面,是一张罪犯的脸,沿着书桌向下走,在长凳前面停了下来。长凳上坐着两个人,大个子穿着和门廊上的人一样的衣服,另一个穿着蓝长裤和白衬衫,他站了起来。

"斯塔默斯队长?"鲍伊问。

"是我。"那人说。他长着一头稀疏的黑发,中分,左臂弯曲着,好像很痛苦。他没有佩枪。鲍伊伸出手来:"我是贝科斯县的哈维兰警长。"

斯塔默斯队长握住鲍伊的手。"很高兴认识你,警长,我能为您做些什么?"

长凳上的卫兵站起身,朝门口走去。"一会儿见,队长。"他说。

鲍伊说:"我想见见你们这里的一个犯人,埃尔莫·莫布里。"

"他是在我们这儿。让我看看,他今天在赫伯特老板的队伍里。我能为您做些什么?"

"我有逮捕令,但我不打算提走他。"鲍伊从大衣内侧口袋里掏出一张纸,递给了斯塔默斯。"我只想在车上问他一些事。"斯塔默斯打开逮捕令时,纸张噼啪作响:

得克萨斯州

致尊敬的得克萨斯州贝科斯县警长F.T.哈维兰

致意;

1935年5月12日,法院获悉在本法院的备审案件目录中,有一个未决案件,即得克萨斯州诉埃尔莫·T.莫布里案,即本院第754号案件。754号案件,被告被控犯有谋杀罪⋯⋯

鉴于上述案件⋯⋯

"你不想带走他吗?"斯塔默斯说,他开始把逮捕证叠起来。

"对，我只是想找他了解情况。"

斯塔默斯走过去，摘下挂钩上的灰色帽子，转过身，摸了摸自己的左臂，说："神经炎，很严重。"

鲍伊说："听说过，这病确实很讨厌。"

经过门廊时，斯塔默斯对三名警卫说："孩子们，盯着电话。"

鲍伊走向他的车，斯塔默斯紧随其后。鲍伊说："坐我的车去吧。"

斯塔默斯说："你听说过什么好疗法吗？"

鲍伊说："我听说它会慢慢消失。"

斯塔默斯指着大楼后面的土路，这条土路蜿蜒曲折，通向棉花田。鲍伊走了过去。

棉花又新又绿，周围的泥土刚刚锄过。

"队长，你这里的地很肥沃啊。"

"上周刚下过雨。"斯塔默斯说，他提起左手，把胳膊肘放在肚子上，"及时雨啊。"

那边正在干活的罪犯，有十五到二十个，他们抡起锄头，尘土飞扬；两个监工骑着马，胳膊上挎着猎枪。工人们抬起脸看了眼汽车，又弯下腰去。

骑马的监工穿着靴子，上面有锯齿状的西班牙马刺。他是一个身材魁梧的男人，膀大腰圆。腰带上别着一把手枪，马鞍鞘里插着一支步枪。

斯塔默斯说:"莫布里在那群人里吗?""西班牙马刺"点点头:"是的,先生。"

"把他带过来。"

在队伍前面,一个人站了起来,听了一会儿,然后走了出来。他拿着锄头,正朝这里走过来。"西班牙马刺"跟他说了几句,奇卡莫扔下了锄头。

奇卡莫看起来很机警,他仔细打量鲍伊,然后又打量斯塔莫斯,然后又再次打量鲍伊。"上车吧,莫布里,"鲍伊说,"我有事跟你核实一下。队长,我们回你的办公室去。"

"好。"

奇卡莫坐在前排,斯塔默斯坐在后面。他们沿着公路向办公楼开去。斯塔默斯说:"你没去州政府见监狱长吧?"

"没,我从另一条路去了休斯敦,不过我回去的路上会在那里停一下。"

"那好,代我问候监狱长。警长,你今年没有去参加大会吗?"

"没,我没去。"鲍伊说。

"我当了十四年警长,今年我想去参加那个大会。"

鲍伊用胳膊肘轻轻推了一下奇卡莫的大腿,指了指面板旁的储物盒。奇卡莫拉起象牙色的把手,一把抓起手枪,指向斯塔默斯。"队长,越狱,"他说,"坐在那里,不要动。"

鲍伊说:"队长,我们打算从这扇门出去,你不能让任何人挡道,明白吗?"

"我明白。"

鲍伊经过办公室,路上的谷糠拍打着挡泥板。他猛打方向盘,驶上了公路,猛踩油门。

"好吧,哥们,要取我性命了吧。"斯塔默斯说。

"队长,别泄气。"奇卡莫说。

"警长,我好像以前见过你,但上帝啊,我不记得了。"

"队长,算了吧,"鲍伊说,"你很快就会知道的。你觉得你那些手下要多久才会发现事情不对劲?"

"我也想知道。"

奇卡莫往汽车抽屉里看了看,把手伸进去,用手探了探。

"你在找什么?"鲍伊说。

"没什么。"奇卡莫说。

斯塔默斯说:"哥们,这样我会没命的。"

"队长,跟监狱长去说吧。"奇卡莫说。

斯塔默斯说:"老兄,你在农场没受啥罪啊。"

鲍伊说:"看在上帝的分上,冷静点,奇卡莫。"

公路上的标牌上写着:距离麦克马斯特斯六十八英里。到了路口,鲍伊拐进了树林,然后他们驾车穿过树林。半英里后,鲍伊停了下来,他们下车爬过栅栏,在树林里,鲍伊把斯塔默斯绑在一棵树上。

公路上的水泥反射出阵阵热气。鲍伊问道:"他们在那里对你还行?"

奇卡莫说:"他们不再使用球棒或枪管了,某个大人物废除了这一切。他们有时仍然会这么做,但他们担心被发现,会失去这份六十美元薪水的工作。"

"这倒是件好事。"

奇卡莫转过身来,看了看车后座。"你不会告诉我你一瓶酒都没带吧?"

鲍伊摇了摇头。"没带,奇卡莫。我有一些要紧事要做,需要保持头脑清醒。"

奇卡莫说:"哥们,连我都怀疑你是不是人类,我告诉你,我都想不出来你是怎么做到的。你在外面跑,在公路上跑来跑去,还没被警察抓住。天哪,鲍伊,我真不知道你是怎么做到的。你只是一个乡巴佬,还笨得要死,但你竟然做到了。"

"你想干什么,继续待在那边?"

"我？别傻了。得克萨斯城的案子还没了结。我一直在想，他们随时都会来。你也是他们悬赏要抓的人。你的指纹留在那里了。不过说到这，我在这方面很狡猾。你的指纹被做了标记。他们在我身上找到了什么？"

鲍伊说："那件事确实引起了很大的轰动。"

奇卡莫说："你似乎一切顺利，一直没被抓住。"

"运气而已。"鲍伊说。

"对，就是这样。你和那该死的散热器盖一样，都不是罪犯。但你却这么做了。你只是一个主日学校的大傻瓜，但你却能干这种事，在这些路上横冲直撞，让我看起来弱爆了。"

鲍伊猛一甩头。"你疯了吗？这跟你有什么关系啊？"

"这让我痛苦不堪。就你，带着一个从未离开过加油站的老姑娘，天哪，报纸还天天报道你，而我就像一个无人问津的投币机，为什么……"

鲍伊在公路边停了下来。

"怎么了？"奇卡莫说，"这是什么意思？"

鲍伊下了车，绕过去，拉开奇卡莫的车门。"下来，"他说，"你这个混蛋，下车。"

"天哪，鲍伊，你怎么了？"

"滚出去。"奇卡莫下了车，鲍伊说，"我不让你坐这里的唯一原因是，我宁可让狗坐。"

"鲍伊，听我说，我想去看看我的家人，我还没有见过他们。鲍伊，给我那把枪吧。"

"拿去。"

奇卡莫开始在路上狂奔。

在闷热的麦克马斯特斯广场上，只有一辆汽车在行驶，车上的扬声器响个不停，里面放的音乐是《星条旗永不落》。鲍伊离开广场，驶出通往法院的公路。不，上帝，在这个世界上，我从来没有向你要求过什么，什么都没要求过。现在只要让我走完那段剩下的路，如果要求不过分的话，就让她继续睡着。等她醒来的时候，我就坐在那里了……

阿拉莫广场法院的车道和院子里空无一人。鲍伊继续往下开，把车平行地停在关着的门前。进门，他拉下了百叶窗。

她躺在床上，闭着眼睛，仍在呼吸，就像他离开她的时候一样。他环顾四周，什么也没动过，感谢上帝。

午后的热浪压在木屋上，墙壁像快要熄灭的炉子一样热。屋顶上的柏油融化了，散发着臭味。鲍伊站在基奇的上方，拍打着湿毛巾。她额头上的小卷发在凉爽的空气中摇晃着。亲爱的，你得快点醒过来，吃点东西，我是说真正的清醒。

时近黄昏，鲍伊额头上的汗水变干了，他手臂上的汗毛发硬。基奇动了一下，他弯下腰来，看见她眼睛睁开了，就像淹死在一碗水中的花瓣。"鲍伊？"她说。

"你好，瞌睡虫。"

"鲍伊？"

"你该醒了。"

"你不会离开我吧？"

"我？你是说我？我不会的，醒来吧，别傻了。"

"鲍伊？"

"基奇，怎么了？"

"我是认真的。"

"知道了，基奇。我是认真的。"基奇闭上眼睛，他摸了摸她，说，"听着，小士兵，你得往肚子里塞点东西。来一杯汽水怎么样？冰镇的？"

基奇的头在枕头上上下摆动。

"现在让我们看看。"鲍伊站直了身子，开始搓着手，"这位小女士想要什么口味的？草莓味？"

基奇点了点头。

鲍伊穿过黑暗处，走到门口，把门拉开。"别动。"一个声音说道。那声音就像一把看不见的刀刃发出的"嗖嗖"声。猫还有七条命，鲍伊想。他猛地掏出枪，他耳朵里是蒸汽管爆裂的声音……七条命……他在广场上扬声器的咆哮声中打转，《星条旗永不落》……猫有……七条命……什么东西起皱了，轻轻地折叠着，就像被一阵香烟烟雾熏过的纸娃娃……草莓味的。

得克萨斯州麦克马斯特斯，6月21日——今晚早些时候，西南部的幽灵亡命之徒鲍伊·鲍尔斯和他的持枪女伴基奇·莫布里，在与一队游骑兵和治安官的战斗中被终结。这名逃犯、银行劫匪和快枪手，以及他的女伴，被困在这座城市以东一英里的一个旅游营地的小屋里，之后两人被机关枪射中，当场死亡。

今天清晨，鲍尔斯从宾汉姆监狱农场中解救了他的老搭档埃尔莫·莫布里（三趾猫），这个轰动一时的事件激起了复仇情绪，愤怒的治安官们向营地猛扑而来。战斗结束后，鲍尔斯横躺在小屋门口，手里拿着一把枪，屋里的女孩基奇·莫布里躺在地上，手边也有一把枪。两人都中弹倒地，当场死亡。

在破败的小屋内找到一个装有近一万美元现金的袋子，还有大量被警方认定为毒品的物品。

一年多以来，警方一直在搜捕这名亡命之徒及其同伙，此次枪杀事件使搜捕行动圆满结束。鲍尔斯因谋杀、银行抢劫、劫持加油站、绑架治安官等罪名在四个州被通缉,他已成为西南部最令人害怕的罪犯之一。

今晚,这座宁静、繁荣的小城被这则消息震惊了,他们周边竟然窝藏这对情侣!街道上挤满了激动的人们,他们甚至赶到当地的一家殡仪馆去观看尸体。

身材高大、眼神坚毅的骑兵队长莱夫莱特拒绝对此案发表详细评论,声称旅游营地的主人对这两位客人的身份并不知情。当他向州长报告时,他简单地宣称:"头儿,我们抓住他们了。"

当天早些时候,鲍尔斯绑架了斯塔默斯队长,并释放了埃尔莫·莫布里。莫布里在路上奔跑时,一位农民认出了他的囚服,便起了疑心。

总计超过一千美元的奖励将分发给参加这次行动的二十名治安官。

据悉,今早天亮前,当地官员得到线报,并迅速展开行动。州府和监狱间电话和电报频频沟通,骑兵队长莱夫莱特和四名警察坐一架飞机前来增援。

据报道,州立监狱的监狱长乔尔·霍华德向记者承认,这条线索是在同意释放该监狱的一名囚犯后所获得的。监狱长霍华德宣称:"鲍尔斯是一个残忍、狡猾的罪犯,我们必须动用一切资源将他绳之以法。"

图书在版编目（CIP）数据

末路狂欢／（美）爱德华·安德森著；胡雅坪译．
上海：上海文艺出版社，2025．——（域外故事会社会悬疑小说系列）．—— ISBN 978-7-5321-9067-6

Ⅰ．I712.45

中国国家版本馆 CIP 数据核字第 20248C7V63 号

末路狂欢

著　　者：［美］爱德华·安德森
译　　者：胡雅坪
责任编辑：胡　捷
装帧设计：周　睿
责任督印：张　凯

出版：上海文艺出版社
出品：上海故事会文化传媒有限公司
　　　（201101 上海市闵行区号景路159弄A座3楼www.storychina.cn）
发行：上海文艺出版社发行中心
　　　（上海市闵行区号景路159弄A座2楼206室）
印刷：上海中华印刷有限公司
开本：889毫米×1194毫米　1/32　印张8
版次：2025年1月第1版　2025年1月第1次印刷
ISBN：978-7-5321-9067-6/I.7134
定价：35.00元

版权所有·不准翻印

上海故事会文化传媒有限公司出品（01198）www.storychina.cn

想看更多精彩故事？
扫码下载故事会APP

上海故事会文化传媒有限公司所有图书可办理邮购，免收邮费（挂号除外）
汇款地址：上海市闵行区号景路159弄A座2楼206室（201101）
收款人：上海故事会文化传媒有限公司出版发行部
联系电话：021-53204159
如发现本书有质量问题，请与印刷厂质量科联系T：021-60829062